I0669554

www.ingramcontent.com/pod-product-compliance
Lightning Source LLC
Chambersburg PA
CBHW021221260626
47172CB00002B/543

9781961420021

نَهْرُ الأَسْرَارْ

نهـر الأسـرار

فـوزا هـلال

عدد الصفحات: 190

الطبعة الأولى: 2023

الناشر: الخيّاط

جميـع الحقـوق محفوظـة للناشر والمؤلف

ISBN: 978-1-96142-002-1

KHAYAT
Publishing

Washington, DC
United States
+1 7712221001
info@khayatpublishing.com
www.khayapublishing.com

فوزا هلال

نَهْرُ الأَسْرَارْ

رواية

1

أعود إلى البيت مرهقة من العمل، وأرمي رأسي على الوسادة. أشعر بأنّها مليئة بشوك يخزني. لم أعرف النوم من الأفكار المتشبّثة بي. كيف نجوت من الحرب والركام كان يغمرني، ويغمر أمّ بسّام. وفقدتها بعد أن فتحت بيتها لي، واعتبرتني كابنتها.

كيف أتيت إلى هذه الدنيا؟ ما الجريمة التي ارتكبتها لأعيش هذه الحال. لا أمّ تغمرني بحنانها، ولا أب يسندني؟!

وعيني تنظر من النافذة، وأنا أنتظر إطلالة القمر لأتحدّث معه. سأحسده على النجوم المشعّة حوله، وأنا في عتمة الغرفة وحدي. يستبدّ بي القلق والتعب.

أتذكّر الماضي الأليم، وأنظر إلى المستقبل الغامض. لا يوجد معي بطاقة شخصيّة تثبت من أنا في هذا العالم. ولا أحد يعترف بوجودي. إنسانة أحبّ وطني. لا أملك فيه إلاّ اسمي. وأمّ بسّام لها فضل كبير عليّ. علّمتني كيف أكتب اسمي، وتابعت تعليمي حتى تمكّنت من القراءة والكتابة بشكل مقبول. وكانت دائما تقف بجانبي منذ الصغر، وتختلف مع زوجها لأنّها كانت ترغب بأن

تسجّلني على نسب العائلة. وهو يخالفها الرأي. متحسّباً من الأيّام أن تكشف من أنا؟

وأتذكّر أم بسام، وهي تتحدّث بهمس مع الجارات، وتقول لهنّ يمكن أنّ أمّ فرح قد عُرفت أنّها فضّة؛ فقد سمعت من الناس، أنّ فضّة بنت أبي رياض بائع الدجاج، متورّطة مع شاب، من خارج البلدة، وأباها كان يهدّدها بالقتل.

هربت فضّة إلى بيت أختها، التي تسكن وحيدة، لأنّ زوجها مسافر خارج البلد. بقي هذا الكلام في مسمعي منذ الصغر، حتى شاء القدر أ تموت أمّ بسام، وأنا قد جئت إلى هذه البلدة، لعلّني أعرف عن أمّي فضّة شيئاً؛ فأنا لا أعرف في هذه البلدة إلاّ ملهم، الذي عرفته مصادفة، وكيف أنكر عليه حقيقة من أنا خوفاً من أن يكشف أمري؟ بعدها لا أحد يثق بي في هذه القرية بعد ما أخبرته بأنّ أمّي وأبي وجميع أفراد العائلة تهدّم المنزل عليهم جرّاء الحرب. وأنا نجوت بصعوبة. لذلك اهتمّ بأمري، وراح يبحث لي عن بيت يحميني، وعن عمل لمصدر عيشي. عرّفني على بيت أمّ صادق الذي أعمل به.

غفوت من شدّة التعب. لم أشعر بالراحة من الكوابيس، وصوت أم صادق تناديني: (ما تنسي تطعمي الكلاب!) وأبو صادق ينادي: اكوي الثياب، وأم أدهم تنادي: نظّفي الدرج، وأم خالد تصيح: انشري الغسيل.. وووووو . وأنا لا أعرف من أين أبدأ. يا إلهي! يرافقني التعب حتّى أذا أغمضت عيوني.

أصحو على أصوات العصافير والدجاج والقطط. من هنا وهناك، وتصدر من حديقة جارنا المكتظّة بالأشجار، التي تغطّي

نافذة غرفتي. لفتت الطيور نظري، وهي تتنقّل من غصن إلى آخر تعيش حريّتها دون قلق، ولا تنتظر أمراً من أحد. منها من تحمل القشّ بمنقارها، لتبني العشّ الآمن لها، ولصغارها، ومنها من يأتي بالطعام لصغارها، وهي تناديهم بصوت مختلف ليلحقوا بها، وتصدر منهم زقزقات معبّرة عن فرحها.أثارتني أكثر القطّة التي تحمل صغيرها بأسنانها، وتهرب من عنف الهرّ، لأنه يفترس صغارها دون رحمة.

جميع المشاهد تذكّرني بما أخبرتني به أمّ بسام، التي عثرت عليّ أمام الجامع، وأخذتني إلى بيتها لتعتني بي. يا ليتها تركتني للوحوش الكاسرة لتفترسني.

أفضل لي بأن أعيش في مجتمع لا يفهمني. يلومني من أنا وابنة من أنا؟ ولا يعرف أنّني لا علاقة لي بخطيئة من أنجبني إلى الدنيا، وأنا أنادي أمّي التي لا أعرفها.

لعلّها تسمعني: لماذا أتيت بي إلى الدنيا؟ أنا لست في مكاني، ولا الزمان يساعدني أن أنهض. متمنّية أن يكون لي عشّ آوي إليه لأعيش مستقرّة، فأنا لا أملك شيئاً في هذه الدنيا إلاّ كرامتي. كرامتي التي لا أحد يعترف بها!

شردت بأفكاري، وفوجئت بأنّ وقت العمل قد حان، ولا وقت لي كي أتناول الطعام. شردت أفكّر بكلاب وطيور أمّ صادق، فهم بحاجة للطعام أكثر منّي!

***

2

قبل أن أصل بيت أمّ صادق بمسافة قصيرة، فوجئت بكلابها تتّجه صوبي، ونباحها يوحي بلغة عتاب لأنّي تأخّرت عن إطعامها لفترة من الوقت. على الفور قدّمت للكلاب الطعام.

راحوا يلتهمون الطعام، وهم ينظرون لي، وكأنهم يشكرون. لا غرابة بذلك، فمن صفاتهم الوفاء لمن يكرمهم. فهم يختلفون عن بعض البشر.

لمت نفسي لأنّي لم أتعلّم دقّة الوقت، ولا أحد علّمني أن ألتزم بالتوقيت والنظام، فكلّ من حولي حياتهم كلها فوضى.

كذلك الطيور تنتظر طعامها وأصوات زقزقتها تعلو.

قدّمت لها الطعام، وأنا أحمل معاناتها، وأتحدّث معها كأنّها تفهم ما أقوله لها: لماذا أنتِ مسجونة في أقفاص؟ هل أنتِ معاقبة من جريمة ما؟ يخطئ من يسجنكِ!

أنهيت عملي في حديقة المنزل ودخلت، وإلاّ بالطفلة بنت أمّ صادق صاحت بوجهي: جاءت اللفّاية! كنت أتمنّى من أحد يناديني باسمي الذي أطلقته عليّ أمّ بسام: فرح.

أنا أكره كلمة لفّاية الملصقة بي. وأنا حتى الآن لا أعرف كيف الفرح، وعلى وشك أن أنسى اسمي!

ليس أمامي إلاّ المطبخ. فيه ينتظرني الجلي، وقرقعة الصحون، والطناجر، ولا أعرف من أين أبدأ. نادتني أمّ صادق، وطلبت منّي أن أحضر لها قهوة الصباح لها، ولصديقتها. قدّمت لهما القهوة. وعدت إلى المطبخ. سمعت همسهما. تقول الصديقة لأمّ صادق:

ما أجمل هذه اللفّاية! من أين لك هذا الكنز؟!

- من أحد أصدقاء زوجي!

- كيف تقبلين أن تدخل بيتك، وهي بهذا الجمال؟ ألا تغارين منها؟ جميع الرجال يثيرهم الجمال!

- هي تختلف عن غيرها. لن تسمح لأحد أن يتعدّى حدوده، ويتمادى معها. تعمل بجدّ. تتكلم بجدّ. لا تتدخّل بشيء لا يعنيها.

تستغرب الصديقة أنّ مثلها، وبهذه الصفات كيف تعمل لفّاية في بيوت الآخرين.

- صار عندي فضول أن أتعرّف عليها؟

سمعت ما تقولان. توقّعت أن تسألني عن السبب؛ فإذا أجبتها بصدق يمكن أن أخسر عملي الذي يردّ عليّ لقمة العيش.

وكما توقّعت حدث. نادتني أمّ صادق:

- يا فرح. تعالي.

فرحت عندما سمعت من يناديني باسمي. استجبت لندائها. وقفت أمامهما. عرفّتني على صديقتها أمّ أدهم قائلة: تحبّ الستّ أمّ أدهم أن تتعرّف عليك.

سألتني أمّ أدهم: هل أنت من هذه القرية؟

أجبتها أنا لست من هذه القرية، ولا من هذه المحافظة، واستغربت كيف الستّ أمّ صادق لم تسألني عن أيّة تفاصيل تتعلّق بي حتّى الآن.

تقطع أمّ صادق هذا الكلام قائلة: «يكفي أنّي أثق بالشاب ملهم الذي أرسلها إلينا، فهو أحد أقاربنا المقرّبين».

وقفت أنتظر كجندي يتلقّى أوامر رئيسه. ورجلاي تتقصّفان تحتي من شدة الخوف. أتحمّل أسئلتها الخشنة، وإذ بكلب يدخل مسرعاً، وهو يتحسّس بأمّ أدهم، كما لو كان يبدو عليه إخبارها بشيء. بعد أن سمع صوت زوجها يناديها من وراء السياج. بعد أن سمعتُ صوته اتّضح لي بأنّهم جيران. خرجت، وهي تتكلّم مع أمّ صادق عندما أحتاج فرح أخبرك بأن ترسليها لي؟

طمأنتها أم صادق بأنّ فرح تجيد العمل جيداً كذلك تتقن الطبخ اللذيذ.

بعد خروج أم أدهم. أخذت أمّ صادق نفساً عميقاً، وهي تقول:(خلصنا منها.. يضطر المرء أحياناً أن يجالس من هو مفروض عليه، وعليه أن يسايره ويصغي إليه، ويداريه. أفّ. صارت الساعة الثانية ظهراً، وهي تثرثر. لسانها لم يدخل فمها. ولا كلمة دخلت أذني، لأن كلامها لا يعنيني، أمّا أنا فأعبّر عن رأيي بنفسي عمّا أشاهده، أو أسمعه لأنّ المجتمع فرض عليّ ذلك، وهنّ يسمح لهنّ أن يتكلّمن ما يشأن، حتى ولو كان حديثهنّ دون فائدة؛ مع العلم أنّ ثقتي بنفسي جيدة.

أنتظر نهاية الدوام في عملي لأعود إلى بيتي. هناك أستطيع أن أتحدّث مع نفسي متى أشاء، وكيف أشاء.

طلبت منّي أمّ صادق أن أجهّز مائدة الطعام. صار ميعاد زوجها أن يأتي. أعلم أنّه ضابط في الجيش.

تشجّعت، وقلت لها أنّ استنفار الجيش سيستمرّ بسبب الحرب، فلا يمكنه أن يأتي إلى البيت.

أجابتني:

- أنا تكلّمت معه، وأوصيته بأن يحضر لنا الغداء معه. وإلاّ بالجرس الخارجي يرنّ؛ فيدخل زوجها، حاملاً ما قد طلبته منه من قبل. والكلب يستقبله، ربّما لأنّه يحمل معه لحماً كما طلبت منه.. أسرع الكلب، وتصدّر على الكرسيّ كأنه من أفراد الأسرة !!

أسرعتُ لأعيده إلى مكانه. صاحت بي أميرة البنت الصغيرة: دعيه يأكل معنا!

تمنّيت أن أكون مثله لأجد من يعتني ويهتمّ بي ويحبّني. جلست في المطبخ أنتظرهم ليكملوا طعامهم، وينتهي يومي من المتاعب، وهزّات البدن؛ وإذ بصوت أبي صادق يناديني:

- خذي حصّتك من الطعام. اليوم ستظلّين عندنا. لقد دعوت زملائي الضبّاط ليسهروا عندي، وقد نحتاجك!

راق الجو لي، ففكّرت أن آخذ فرصة لأستريح بعد أن دخل أفراد الأسرة إلى غرفهم للنوم، وأنا أجلس على كرسيّ في المطبخ، وأستمع لصوت المذياع الخافت، كي لا أزعج أحداً. أستمع إلى الأخبار. الأخبار لا ترضي. الجيش في حالة استنفار، والإرهاب يعجّ في البلد. هنا تفجير، وهناك انتحاريّ، وعمليّات خطف منتشرة، في كلّ مكان. لا شيء يريح، وهذا الوضع لا يعني بعض الناس، كأنّما خلقت لتأكل وتشرب فقط!

أكملت باقي الوقت بفرم البقدونس، لأحضرّ لهم التبّولة من أجل سهرة المساء.

صحت أم صادق وزوجها. يرتفع صوتها، وهي تلوم زوجها:

- لا أحبّ هذه السهرات لا أرغب بها. هي مصدر إزعاج. أنتم في مركز حكوميّ حسّاس. لا تليق بكم سهرات مثل هذه السهرة. تنزعج الحارة من أصواتكم. الأفضل أن تتّصل بأصدقائك وتلغي هذه السهرة!

يجيبها مستغرباً:

- كيف ألغيها، وهذه المرّة دورها عندي؟!

- لن تخرب الدنيا إذا ألغيتها!

- أجننتِ يا امرأة؟!

- أنا لا أحبّ مثل هذه السهرات الفارغة!

- وأنا لا أحبّ آرائك التافهة!

- أنا صرت تافهة بنظرك؟ ستثبت الأيّام من منّا !؟..

يقاطعها غاضباً:

- السهرة ستتمّ، وإن لم يعجبك..

تقاطعه محتدّة:

- وصلت بك الأمور لتهديدي!.. «حارتنا ضيّقة ومنعرف بعض!».

يعلو صوته بعصبيّة: أنا الرجل في البيت. وكلمتي لن أكرّرها. (ما عجبك دقّي رأسك بالحيط!).

- لا جدوى من النقاش معك. أنت تعلم! أتحمّلك كرمى لتربية الأطفال حتى لا يعيشوا مشرّدين، دون أب، مع العلم أنّهم يقلّدون تصرّفاتك التي لا تطاق.

صفق باب الغرفة خلفه بغضب، وخرج يتمتم، وهو في الطريق لاستقبال زملائه.

أمّا هي فلم تخرج من الغرفة، وظلّ الغضب واضحاً عليها؛ فلم تتكلّم مع أحد، وكانت تفرغه بالصياح على الأطفال، حتى وهم يلعبون دون أيّة ضجّة.

بعد أن جهّزتُ لهم كلّ ما يحتاجون في سهرتهم. عدت إلى الكرسيّ وجلست، مع أنّي كنت أتمنّى أن أرمي نفسي على الأرض من التعب.

أصوات الضبّاط كانت تعلو مع لعبهم، ورنين كؤوسهم. أصواتهم تشتدّ أكثر مع الأهازيج والفرح. عندما يفوز أحدهم بنمرة في لعبة ورق الشدّة التي كنت أمقتها، وأمقت ثرثرة اللاعبين التي لا تطاق. أنتظر بأن تنتهي السهرة لأرتاح، فأنا مثل كلّ يوم أكون مرهقة جدّاً.

غفوت على الكرسيّ، وصحوت على صرير باب المنزل الخارجيّ يُفتح، وبأحد يخرج منه. قلت في سرّي: فُرجت!. فجأة صدر صوت إطلاق نار. يا إلهي. ما الذي حدث؟ اتّضح لي أنّ أحدهم يعبّر عن فوزه باللعب بإطلاق الرصاص من مسدّسه الحربيّ..

بجدّ؛ الله يكون بعونك يا أمّ صادق؟ أمعقول هذا التصرّف في منتصف الليل؟ ما ذنب الأطفال يرعبهم مثل هذا السلوك؟!

الجوّ متوتّر ومرعب. كلّ منهم يصرخ من جهة. رنّ التليفون. صاحت أمّ صادق بي: ردّي على التليفون! الجيران يستفسرون قلقين بسبب إطلاق النار..يسألون عمّا حدث..ارتبكت، ولم أعرف

بم أجيبها. اختصرت الحكاية قائلة لها:

- تعبير عن الفرح.

فرح بماذا هل قضوا على المشاغبين؟!

- فاز أبو صادق بلعبة الشدّة!

- (يا عيب الشوم على ها المستوى. الناس تقلقهم الحرب، وهو مُتمْسِح. الله يساعد أمّ صادق عليه. دائما ناقم عيشتها بتصرّفاته الصغيرة، وبدأت بالشتم ثم سكّرت الخطّ).

أمّ صادق بسرعة تجمع ثيابها، وثياب أولادها، في حقيبة، وتقول لزوجها: (ما عاد تشوف وجهي إلاّ في المحكمة). أمّا هو فيبدو أنّ الخمر أخذ مفعوله، وراح شخيره يصل إلى البعيد.

ثم نادتني جهّزي نفسك كي تذهبي معنا، إلى بيت أهلي؛ فأنا قرّرت ألاّ أعود إلى هنا أبداً.

كيف تذهبين بعد منتصف الليل، وليس في الطريق أمان!؟

- كلّمت أخي كي يصطحبنا.

صاح الأطفال فرحين: هيّا إلى بيت تيتا!

***

3

لن يأتيني النوم قبل أن أدوّن ما اختزنته من أفكار، ولم أستطع البوح بها إلاّ لدفتر مذكراتي؛ فأبو صادق عندما أنكر على زوجته، وقال لها أنّه ذهب بمهمّة، وأنا سمعته، وهو يتكلّم مع صديقته، ويخطّط معها كيف سيلتقيان في الشاطئ الأزرق؛ كما حاول إقناعي أن أذهب معه، ليعرفّني على صديق له، ويغريني بمنظر البحر، وبالفلوس لأنّ الفلوس كلّ شيء بحياته؛ كما سمعته وهو يتاجر بدم الشرفاء، ويقبض بالدولار مقابل أن يبيع جميع زملائه الموجودين في الخيمة، ويسهرون من أجل حماية الوطن.

تتحمّل أمّ صادق كلّ سلبيّاته، وتدافع عنه لكنّ نظراتها لا تخفي بأنّها مكرهة بأن تحضن أطفالها بالدرجة الأولى، والثانية هي أنّها تتحسّب من موقف والديها، والمجتمع إذا انفصلا عن بعضهما. تعرب لصديقتها سناء أنّ المجتمع لا يرحم، دائما يحمّلنا الذنب نحن النساء، عليّ أن أعيش هكذا طول عمري، ولا أسمع كلمة مطلّقة، لأنّها عار في مجتمعاتنا.

تقول لها سناء:

- احمدي ربك. إنّ من يعيش مثلك يحسده الناس؛ قصر وسيّارة وخادمة، وأولادك في مدارس خاصة لا ينقصك شيء ماذا أقول أنا؟ إنّنا نعجز عن تأمين أجرة البيت؟ (تنهّدت أمّ صادق، وقالت بعد صمت طويل) المال والبيت والسيارة والخادمة لا يجعل البيت سعيداً تكونين سعيدة عندما تضعي رأسك على الوسادة، وضميرك مرتاح..

- خير يا أمّ صادق ما بكِ؟

يا سناء إنّي لا أنام الليل وضميري يؤنّبني. كيف أنّي ما زلت أعيش مع هذا الرجل! لن أخفي عليك؛ ولا أستطيع أن أتحمّل. تخيّلي بما سأقول لكِ: علمت أنّ زوجي يأخذ من العساكر رواتبهم الشهريّة مقابل أن يبعثهم إلى بيوتهم، والبلد في وضع حسّاس.. من يخن وطنه يخن زوجته، ولا يؤتمن بشيء!

كانت سناء تصغي لها، ولم تستطع إلاّ أن تقول ما في داخلها:

(يا صديقتي منذ زمن طويل أسمع أهل الحارة يتحدّثون عنه، إنّه يرتشي ع الطالعة والنازلة، أنت لم تشكّي فيه، وتسأليه من أين لك هذا الخير!؟)

- زوجي في المنصب ذاته، وما زلنا نعيش بالأجرة، وحياتنا سعيدة جداً؛ زوجك حالة شاذّة، ومن ذوي النفوس الضعيفة، التي تحبّ المال!

وأنا في المطبخ، مع جلبة الصحون، أسمعهما، وأشرق بلعابي، ولا حيلة لي كي أتحمّل، لأنّي أعلم بخيانته لزوجته من قبل، والجريمة التي ارتكبها، وسُجّلت ضدّ مجهول. كيف لو كانت تعلم بذلك؟!

كلّ هذا الكلام، وغير هذا الكلام أسمعه لأنّ المطبخ له نافذة مفتوحة على صالة الضيوف.

وأمّ صادق وزوجها يثقان بي، ويعتبران أنّني إمّا غبيّة، أو أنّ ما أسمعه لا يعنيني ..

فرحتُ لأمّ صادق على الخطوة التي قامت بها بانفصالها عن زوجها، كي تعيش حياتها بما يرضي ضميرها.

أمّا أنا فقد أدّى انفصالهما، إلى أن أترك العمل في بيت أبي صادق، وعليّ أن أبحث عن لقمة عيشي ..

قضيت أيّاماً وأنا أبحث عن عمل فلم أجد. فوجئت بأبي صادق يتّصل بي قائلاً: (يا فرح. أمّ صادق مريضة، وعليك أن تأتي لمساعدتها) ويقفل الخطّ دون أن أستفسر منه شيئاً. استغربت هذا الكلام لأنّي تركت أمّ صادق (حردانة) في بيت أهلها. قلقت على أمّ صادق. أمرها غريب! يا ترى، هل تراجعت عن قرارها، وعادت إلى بيت زوجها؟ كان عندي شكوك بكلام زوجها. اتّصلت عدّة مرّات بأمّ صادق لأتأكّد من أنّها في بيت زوجها.

لم تردّ ازداد قلقي عليها، ولبّيت طلب أبي صادق بأن أذهب إلى بيته، فلمّا دخلته شعرت بالكآبة، وأنا اسأل نفسي: أين الزهور التي كانت تغطي الجدران وتجمّل المكان؟ أوراقها الصفراء ذابلة، أو متساقطة، ومبعثرة هنا وهناك. أين الطيور بأصواتها وهي تطرب المارّة؟ كلّها نافقة داخل الأقفاص. أين الكلاب الأوفياء، وهم يستقبلونني بالنباح عندما أتأخّر عليهم بالطعام؟ بدا المنزل أنّه خالٍ ممّن يجمّله قبل أن أقرع الجرس. تأكّدت بأنّ أمّ صادق لم تعد ثانية إلى بيتها قرعت الجرس وأنا متلهّفة لأعرف وضع أمّ صادق؛

ومن قلقي عليها ازداد خفق قلبي. فتح أبو صادق الباب لي بوجه بشوش، وابتسامة عريضة؛ وأنا ما زلت أقف خارج الباب. سألته عن أمّ صادق فلم يجب. ولم أنتبه لما سيفعله. كان قد شدّني من يدي إلى الداخل. سارع وأقفل الباب من الداخل، وخبّأ المفتاح في جيب سترته. ازداد خوفي من تصرّفه، ومن نظراته الشريرة!

كرّرت سؤالي عن أمّ صادق. راح يتمادى، ويتفوّه بكلام لا يقبله عقلي. قال بكلّ وقاحة: (أنت الآن بدلاً من أمّ صادق. لقد انفصلنا منذ ذهبت إلى بيت أهلها!

دفعته بيدي بغضب. قلت له بصوت جهوريّ:

- أنت رجل حقير، وكذّاب. تقول لي: إنّها مريضة أيّها السافل؟!

امتصّ الإهانة، وقال بصوت متهدّج:

- أنا أحبّك!

أنا كرهتك من اليوم الأول الذي دخلت به بيتكم. كنت آتي كرامة أمّ صادق. أعلم بأنّك لصّ وأزعر، وأعلم أنّك كنت تخون زوجتك.. آلمه كلامي الجارح، فراح يخلع سترته، ثمّ جلس على كرسيّ بجانب الباب، وأنا ما زلت واقفة خلف الباب، وأضرب بقبضة يدي على الباب بقوّة كي يفتحه لي، أو ليسمع أحد الجيران الجلبة، ويخلّصني من هذا الشخص التافه.

راح يتكلّم معي بهدوء قائلاً:

- اتّصلت بك كي تأتي لتنظيف المنزل، ثم اتّجه نحو الخزانة. فتحها، وأخذ منها رزمة من النقود، وقدّمها لي. تناولتها، وقذفتها بوجهه، ورحت أصرخ كي يفتح لي الباب لأخرج.

غضب واحمرّت عيناه، وراح ينظر لي كوحش مفترس، ومن شدّة غضبه لم يعثر على المفتاح. ذكّرته أنّه وضعه في جيب سترته التي كان يلبسها. خرجت وأنا أبصق عليه، في اللحظات التي كان يتوعّدني قائلاً: «لكِ منّي يا فرح يوم أسود!».

سرت في الطريق، وأنا أكلّم نفسي بأنّه يستحقّ هذه الحياة في بيته، الذي فاحت فيه رائحة الزنخ والعفن، وأنّه لا يستحق أمّ صادق، وستكون نهايته وخيمة. رحت أتساءل: لماذا الناس تنظر لي بسخرية لأنّي أعمل في بيوتهم بدلاً من أن تعمل على دعمي كي يتحسّن وضعي، ولا تعمل على تحطيمي!

ليلة متعبة جدّاً أنتظر خيوط الشمس من جديد، ليتجدّد الأمل

***

خرجت ولا أعلم إلى أين سأذهب، ومع من أتكلّم، وأين أجد عملاً. رحت أتلفّت يميناً وشمالاً لأنّي أوّل مرة أتجوّل في هذه البلدة.

كنت بمقربة من الحديقة. دخلتها. كان فيها الناس جماعات، وأفراداً. الكلّ في حالة من البهجة، والفرح الغامر. المفرح أنّ الجميع بمختلف انتماءاتهم، ومعتقداتهم كأنّهم نسيج جميل واحد تجمعهم المحبّة، والألفة. جلست على مقعد بمفردي، والحزن لم يفارقني، وكأنّي أعاني من جرح مفتوح ينزف، وأنظر بعين حزينة، إلى هذه المجموعات التي تضمّها الحديقة، وأقرأ في عيون الجميع المحبّة، والحنين،

والشغف بالحياة، والأمل، بحياة رغيدة. كأنّي بهم أقرأ ما أفتقده من الحبّ، والحنان، والألفة، فلا أهل لي، ولا أقارب، ولا صداقات. تمنّيت أن أتعرّف على بعض زوّار هذه الحديقة، وأجالسهم لنصبح أصدقاء، ومع هذه التمنّيات، أخشى أن يعرفوا تفاصيل حياتي التي أعيشها. مع أنّ الحياة علّمتني أن أعترف بخطيئة ارتكبتها؛ لكنّ الخطيئة، لم تكن خطيئتي، بل هي خطيئة من أتى بي إلى هذه الدنيا.

رحت أتنقّل في الحديقة بين الأشجار والورود كي تخرج منّي الطاقة السلبية، وسببها هذا التافه الذي يخطر بباله أن يشتري أيّاً كان بنقوده، التي يكسبها بطريقة النصب والاحتيال.

خرجت من الحديقة إلى البيت لأرتاح بعد هذا العناء متمنّية أن أشاهد ملهم مرّة أخرى، فهو الوحيد الذي يستطيع أن يؤمّن لي عملاً.

قبل أن أدخل البيت قرأت ورقة ملصقة على الباب: أعود غداً. فوجئت أنّها دون اسم. رحت أفكّر ممّن تكون هذه الورقة، والمنزل الذي نسكنه لا يدخله أحد. توقّعت أن تكون جارتي الساكنة بجواري، أو أنّها تعرف قصّة هذه الورقة. فباب غرفتها بجانب باب غرفتي. أجابتني بلؤم حين سألتها: «هل أنا حارسة على باب غرفتك؟» وصفقت الباب خلفها. قبل أن أعتذر منها على أنّني كنت مخطئة بحقّها.

آلمني هذا الموقف، الذي ليس له أيّ مبرّر. ألقيت نفسي على أرضيّة الغرفة. دارت بي الدنيا. تذكّرت العجوز أمّ بسام. التي تربّيت في بيتها. عندما كانت تطبخ محشي الكوسا، أو الكبّة،

أو أيّة طبخة سواهما. ترسل معي ما تطبخ لكلّ أهل الحارة.

كيف تغيّرت الحياة! هي الأزمات التي خلّفتها الحرب سبّبت تعاسة للناس. ومن البديهيّ أنّ الناس في الأزمات، والحروب تزداد محبّة. أصبح الجار لا يعرف جاره. يمكن أن يكون لؤم جارتي بسبب أنّني أخدم في بيوت الناس! ليس مهمّاً. يكفي أنّني أعيش بعرق جبيني، ولست عالّة على أحد..

سمعت صرير باب جارتي سعاد، وهي تفتحه. دقّت بابي بنقرات خفيفة:

– أنا جارتك سعاد افتحي لي!

دخلت سعاد، بوجه مشرق، بعد أن كان الغضب يرتسم عليه. ما حدث مع سعاد أنّها تغيّرت، بعد أن شعرت أنّها مخطئة بحقّي. بادلتها بابتسامة، بعد أن عرفت سرّ مجيئها المفاجئ:

تفضلي! قلت لها بودّ.

قبل أن تلقي عليّ السلام راحت تعتذر من الموقف الذي حصل بيني وبينها.

– خير يا سعاد؟

– تسع سنوات، وأنا أتحمّل مسؤوليّة خمسة أولاد. في غياب زوجي. هذا النهار استيقظت فرحة بقدوم زوجي من السفر، ووقعت مصيبة، لم أكن أحسب لها أيّ حساب.

تم خطف زوجي، بعد أن وصل البلد! خُطف هو وسائق السيارة التي تقلّه من المطار، ولا يعلم أحد حتّى الآن أين هما. وأنا الآن حائرة، ولا أعرف كيف سأتصرّف، وماذا سأفعل؛ فأنا بحالة غضب وتوتّر منذ سمعت خبر خطفه.

- لهْ لهْ لهْ يا سعاد.. صُدمت بهذا الخبر كثيراً. أتمنّى لو أستطيع مساعدتك بأي شيء. إن شاء الله يعود لكم بخير وسلامة. أنا لم أغضب منك. أنت مثل أختي بعهد الله. إذا احتجتِ أيّ شيء أقدر عليه، فلن أقصّر.

- أحبّذ أن تأتي معي، ونسهر معاً في بيتي، وتنامين عندي. أنا وحيدة في هذه البلدة. لا يوجد أحد من أقاربي هنا. (مستدركة) حتى الآن لم أتعرّف على اسمك ؟!

- أنا اسمي فرح.

إذن. سأنتظرك يا فرح!؟ سأذهب الآن. وبعد أن أقدّم العشاء للعائلة، ويأخذها النوم سوف أناديك.

- إن شاء الله.

بعد أن خرجتْ ظننت أنّها ستسألني في هذه السهرة، عن تفاصيل حياتي. تساءلت مع نفسي: يا ترى أأنكر عليها الحقيقة مثلما أنكرتها على ملهم، وما زال ضميري يؤنّبني حتى الآن؛ أو أصارحها بتفاصيل حياتي. كنت متردّدة بأن أعتذر عن دخول بيتها، أو لا!

لكني كرهت الوحدة التي أعيشها. كم أنا بحاجة لمن أجالسه، وأفضفض له. ما زلت أحاور نفسي. وإلاّ بصوتها يناديني.

كنت كطائر سجين في قفص، ولا حيلة لي، وخرجت منه، وأنا أتنفّس بعمق. يعني لي الكثير بأنّي وجدت من يشعر بي بأنّني إنسانة؛ مع أنّي أحسست من نظراتها بأنّها هي كذلك، ولديها الكثير من الكلام الذي ترغب أن تبوح به.

فعلاً مثلما توقّعت حدث، وعلى الفور رغبت أن تعرف عنّي كلّ

التفاصيل. صارحتها بكلّ شيء. لكن تذكّرت عندما كنت أخرج وأنا صغيرة للّعب، مع أولاد الحارة، وسخريتهم منّي لمعرفتهم بقصّتي، وتخيّلت بأنّ(سعاد) ربّما تبوح لأهل الحارة، وأتعرّض للسخرية. فكّرت أغيّر الموضوع، فرحت أسألها عن زوجها المخطوف. قالت

- حتى الآن لا أعلم عنه شيئاً. أخبرت الجهات المختصّة ليبحثوا عنه. ثم تابعت تقول: الإنسان دون أهل وأقارب لا سند له وكأنّه مقطوع من شجرة. أنا مثلك لا يوجد أحد من أهلي يقف بجانبي

- كيف؟ سألتها.

- الناس ليس لهم خيارات. نحن مجبرون على كلّ شيء في مجتمعنا حتى بالمشاعر. كنّا أنا وأختي في البيت. أختي كانت مخطوبة لابن عمّي. أنا كنت مخطوبة لفهد الذي هو زوجي الآن

بعد وفاة أختي أصّر أهلي أن أترك خطيبي فهد، وأتزوّج ابن عمّي، لأنّ العادات تفرض على ابن العمّ أن يتزوج بنت عمّه لأنّه أولى بها من الغريب. أنا مستحيل أتركه لأنّ العلاقة متينة بيني وبين خطيبي فهد. اتّفقنا، ورحت معه خطيفة. لهذا السبب تخلّى عنّي أهلي، وأولاد عمّي، ولم يرضوا عليّ. أتينا إلى هذه البلدة التي هي خليط من جميع القرى المجاورة؛ فلا أحد يتدخّل بأحد منذ عشر سنوات لم أشاهد أحداً منهم.

يا فرح.. لا يخلو بيت من الهموم والمشاكل؛ لكنّها تبقى أسراراً لصاحبها. كم من الزمن لك في هذا البيت بجانبي، وأنا لا أعلم عنك شيئاً إلا عندما تكلّمت عن نفسك. أحياناً يهاب المرء بأن يبوح بسرّه خوفاً من كلام الناس، وما يرشّون على السرّ من بهار؛ وإذا كتمه يبقى يخزه في صدره. حتى أنا لم أخبر أحداً عن

أسراري.. فرح تقول: «أنا وأنت لا يخيفنا أحد لأنّنا نتصرّف بشكل صحيح».

أستغرب كيف بعض الرجال يتصرّفون كما يشاؤون. لا قيود تكبّلهم، ولا أحد يؤنّبهم..

أخذنا الحديث، وغدا الوقت متأخّراً. عليك أن ترتاحي. أنت متعبة منذ الصباح، سأودّعك الآن، وأذهب إلى بيتي لأحاول أن أنام، فأنا ما زلت قلقة لمعرفة من وضع لي الورقة على الباب!

كانت ليلتي هادئة جدّاً. استغرقت بالنوم حتّى ساعة متأخّرة صباحاً.

تمنّيت أن أجد أحداً كلّ يوم لأجالسه، وأفضفض له عمّا في داخلي وعن معاناتي اليوميّة، لأنّي مللت من التحدّث، مع الورق لتدوين ما يحدث معي، حتى أنّي رحت أبحث عن ثياب بين الصرر الملفوفة في حوزتي لأبدّل ثيابي. فأنا دائماً أغسل ثيابي، وألبسها من جديد، حتّى يميّزني الجيران، من ألوانها على الأقلّ.

قرّرت أن أهتمّ بنفسي، وأذهب لشراء سندويشة فلافل لأنّي اليوم دون عمل، ورأيت أن أتصرّف بحريّتِي.

مررتُ إلى بيت أمّ أدهم، التي تعرّفت عليها، في بيت أمّ صادق. قلت لعلّها تحتاجني أن أعمل في بيتها يوماً ما. لم أستطع أن أقضي وقتي دون عمل، ولا وسيلة إلاّ ذلك.

كانت أمّ أدهم تفقدني، وتسأل عنّي في بيت أمّ صادق، ولم تجد أحداً. أدركت فيما بعد أنّ أمّ صادق تركت زوجها، وأبو صادق بعد أن انكشف على حقيقته ألقي القبض عليه، وتابعت تقول:

أنتِ يا فرح جئتِ في الوقت المناسب. يوم غد جلسة نساء الحارة في بيتي. قد احتاجك منذ الصباح.

– أودّعك الآن، وسآتيكِ غداً صباحاً إن شاء الله.

أمشي مسرعة في الطريق إلى البيت، وأنا أفكّر بمن يكون قد ألصق الورقة على الباب، ومتى سيأتي. استغربت أيضاً ما رأيت؛ ورقة أخرى ملصقة كُتب عليها: «أعود بعد يومين» من الذي يتلاعب بأعصابي، ويفعل هكذا؟! لا أحد يعلم أين أسكن غير الشاب ملهم! يا ترى ماذا يريد مني؟ قبل أن أدخل البيت، قرعت باب جارتي سعاد لأطمئن عليها، وعمّا إذا عرفت شيئاً عن زوجها المخطوف. سألت عنها حين لم أجدها! قال لي ابنها، بأنّها ذهبت إلى السوق لتبيع مصاغها لأنّ خاطف أبي يطلب فدية بعد أن سرق من أبي كلّ تحويشة عمره في السفر.

نزعت الورقة عن الباب. دخلت، وأغلقته خلفي بغضب، نظرت إلى كلّ ما في الغرفة من أشياء. ينقصني المذياع لأنّه الوسيلة الوحيدة للتسلية. كم أنا متلهّفة لأسمع صوت أم كلثوم، فهو يبعث الراحة لنفسي. وأستغرق بالنوم، بعد أن أصحو أذهب إلى بيت أمّ أدهم، وأنا أفكّر ماذا ينتظرني هناك، لم أرتح لهذه المرأة، منذ اللحظة الأولى، التي رأيتها فيها بمنزل أمّ صادق، لأنّها تتدخّل بكلّ ما لا يعنيها.

لعلّها تستلم غيري من المدعوّات. أهمس مع نفسي: إن شاء الله أقدر أن أتحمّلها هذا النهار.

***

4

عشرين باقة بقدونس تنتظرني للفرم، وأمّ أدهم توصيني بأن يكون الفرم متوازناً، ولن تقبل فرمة أكبر من الأخرى، وتخبرني أنّها عندما دعتهنّ إحدى السيّدات، إلى وليمة، كان فرم البقدونس كبيراً، أمّا طعمها فكان لذيذاً، فأكلنا، ولم يبق شيء من التبّولة، وبعد أن خرجت المدعوّات من بيتها ثرثرنا عليها، والكلّ انتقدوها، وقالت أنا لا أقبل أن يثرثر خلف ظهري أحد.

أجبتها هكذا طبع الناس؛ فهم يغضّون النظر عن الأشياء الإيجابيّة، ولا يتكلّمون إلاّ بالسلبيّات. المثل يقول: (لو تضوّي العشرة للناس لا يعجبهم العجب، ولا الصيام في رجب!). أربكتني وهي تذهب لتلبية طلبات أولادها، وعادت، وهي ما زالت تقول حول فرم البقدونس: (هذه ورقة صغيرة، وهذه كبيرة، وأنا أبلع ريقي متضايقة منها، وأعيد النظر بما فرمته، كي يعجبها عملي!

لم أقدر أن أختزن ما يدور من ملاحظاتها التي لا قيمة لها، ومن العمل لديها، وقرقعة الأواني تصرع رأسي، وبقي عليّ إعداد الكبّة، التي تحتاج لوقت طويل في تحضيرها.

توقّعت من أنّ أمّ أدهم ستساعدني، لكن للأسف، فعلى الرغم من أنّ عمرها يتجاوز الستّين لا تجيد حتى أن تقلي بيضة. اتّضح لي أنّها دائماً تشتري وجبات الطعام السريعة من المطاعم.

بعد ما أنهيت كلّما هو مطلوب منّي. بقيّ عليّ ترتيب المطبخ. كنت أسمع أصوات المدعوات، دون قصد. عرفت كلّ ما كنّ يتحدّثن حوله. كان صوت أمّ أدهم يرنّ في مسمعي، وكان مميّزاً. كانت تقول لهنّ: الكبّة والتبّولة أحضرتهما من أفخر المطاعم!

الجميع يقولون لها أنّ الطعام لذيذ جدّاً ويسألنها: من أيّ مطعم أحضرته؟

تلعثمت، وارتبكت. جفّ لعابها. لم يخرج الكلام من فمها كما تتوخّى. قالت: زوجي أحضر كلّ شيء. لا أعرف من أين!

تعجّبت لما تقوله من تلفيق، وإنكار. ما عدت أعرف كيف أرتّب أواني المطبخ، لوقوع هذا الكذب كالصاعقة عليّ؛ وأنا التي أعددت كلّ شيء، وذهب تعبي إلى أفخم المطاعم! وبسبب شرودي مع هذه المرأة التافهة سقط الصحن من بين يديّ، وتناثرت شظاياه في أرضيّة المطبخ. سمعت أمّ أدهم الصوت. دخلت والغضب بادٍ على وجهها، وبصوت عالٍ: «يكسر إيدك! ما الذي فعلتيه؟ حسابك بعدين!». قلت في سرّي: «لو كان الصحن ما يزال، في يدي لكنت كسرته بوجهك. الكلام الذي سمعته منك يسخر من عملي لأنّني خادمة كيف لو عرفتِ قصّتي! يخطر ببالي أن أترك كلّ شيء من يدي وأذهب. لكنّي بحاجة للأجرة التي أعمل لأحصل عليها، وتغنيني عن حاجة الناس. أتحمّل معاملتها، وهي تناديني بلؤم، وأنا ألبّي طلباتها. ففي غرفة الضيوف كان يدور حديث شيق بينهنّ. كنت أتمنّى أن أجلس معهنّ، وأشاركهنّ الحديث،

وأطرح عليهنّ وجهة نظري التي أقتنع بها؛ لكنّ نظرتهنّ لي بأنّني جاهلة، ولا أعرف من الحياة شيئاً، سوى جلي الأواني، وتنظيف البيوت». أتحمّل كلّ شيء حتى نهاية النهار، ولن ترى هذه المرأة وجهي بعد الآن، ولو متّ جوعاً. لم تعد رجلاي تحملانني، من شدة التعب، والجوع، بآن واحد. كيف أتحمّل الجوع والطعام بين يديّ. عزّة نفسي لم تسمح لي حتّى أن أتذوّق طعام هذه المرأة اللئيمة. مع أنّ من يعمل بالسمّ يذقه.

دخلت أمّ أدهم وهي تطلب منّي أن أذهب لأنّها لم تعد بحاجة لي. جهزت نفسي، وأنا متردّدة، لأنّها لم تعطيني أجرة العمل. حدقّت بي ممتعضة، وقالت: اخرجي!

أجبتها: لكنّك لم تعطيني أجرتي!؟

– أجرة إيه؟ أنسيتِ أنك كسرتِ الصحن؟!

– صحن واحد.. مقابل عمل يوم كامل!؟

– ألا تدرين أنّ طقم الصحون كلّه، أصبح للكبّ. كيف أقدّمه لضيوفي ناقصاً؟!.. لم أجبها لأنّها امرأة وقحة، ولا جدوى من نقاشها، وقد ترميني بمشكلة أنا بغنى عنها، لا شكّ أنّها امرأة دون ضمير.

خرجت من بيتها، وأنا أنظر إلى السيّارات، التي تقف أمام منزلها، وهي بعدد أفراد الأسرة. شاهدت ابنتها ضحى، وهي تضع كلبيها المدلّلين، في سيّارتها، لتشمّمهما الهواء! وأنا أتعكّز على رجليّ المتعبتين، متمنّية أن تشير لي بالركوب معها؛ لعلّها، وفي طريقها توصلني إلى بيتي بسبب الحذاء، الذي أنتعله، ولم يعد صالحاً للمشي. تأكّدت من المثل الشعبي الذي يقول: (طبّ الطنجرة على تمّها البنت بتطلع لأمّها!).

تابعت السير إلى أن خرجت رجلي من الحذاء، مشيت حافية، وإذ بسيارة تقف بجانبي، والسائق يناديني: يا أختي اصعدي إلى السيارة لأوصّلك إلى المكان الذي تريدينه. شكرته، وتابعت طريقي، لأنّي لم أقبل على نفسي بأن أستقلّ سيارة عابرة لا أعرف من صاحبها. نزل من السيارة، وخلع حذاءه طالباً منّي أن أنتعله، وصعد سيارتّه متابعاً طريقه. تاركاً شحّاطته على الرصيف. انتعلتها، وتابعت السير، وبطني تزقزق من الجوع. دخلت المطبخ. بحثت عن أيّ شيء آكله. سمعت نقرات خفيفة على الباب. كانت جارتي سعاد تراقب متى سأعود إلى البيت، لتطعمني من الوليمة، التي أعدّتها بمناسبة الإفراج عن زوجها مقابل فدية قدرها 25 مليون ليرة سوريّة. باركت لها بخروجه بخير وسلامة، من بين أيدي الخاطفين.

تناولت طعام المنسف المشبع بالسمن البلديّ، والكبّة المقليّة، والبرغل. اتّكأت لأرتاح. غلبني النعاس. لكن عقلي الباطني لم ينم. ظلّت الكوابيس تقلقني: كيف مضى هذا اليوم المتعب في بيت أم أدهم دون مقابل!؟ تذكّرت ما كان يدور بين السيّدات المجتمعات في بيتها. فهمت من كلامهنّ أنّهنّ يسهرن على راحة الناس من خلال تعاونهنّ مع بعضهنّ بعضاً، إذْ أسّسن صندوقاً بينهنّ فقط لمساعدة الطلاّب المتفوّقين، في الثانوية العامة والعاجزين بأن يكملون تعليمهم، وخصّصن لكلّ طالب أو طالبة مبلغاً طيلة مرحلة التعليم، كما أنهنّ كنّ يناقشن مأساة الفتيات السوريّات، وهجرة الشباب من البلد، وازدياد نسبة العوانس، وكنّ يبحثن عن حلول لهنّ، ولم يوفّقن بهذا المسعى.

***

5

أقضي وقتي، وأنا أستعرض ما يحدث معي، في بيوت الناس متناسية ما أنا فيه، ليبقى الأمل متجدّداً، حين أعمل في بيت جديد. اليوم لن أغادر البيت، لعلّني أعرف من الذي لصق الورقة، على باب غرفتي. علماً أنّي شبه متأكّدة أنّه ملهم، وأنا فعلاً متشوّقة لأراه. أيضاً متخوّفة أن نتعرّف على بعض أكثر، ويكتشف بأنّي أنكرت عليه تفاصيل حياتي. حياتي التي لا أحد يتقبّلها حتّى هذه اللحظة؛ أيعقل ألاّ يتقبّلني هذا المجتمع إنسانة كبقيّة الناس، بغضّ النظر عمّن أنجبتني، ولم يجد لها تبريراً. حتّى أنا أجد لها أكثر من تبرير؛ لكن لن أغفر لها!

تخطر ببالي كثير من الأمور التي تتعلّق بها. كنت أسمع في صغري أمّ بسّام، التي كانت وحدها تبرّر لمن أنجبتني ذلك، وتقول لصديقاتها: ما دمنا لم نعرف حقيقة هذه الطفلة، لا يجوز أن نلوم أحداً. تتابع: ما جريمة هذه الطفلة؟ يقول المثل الشعبي: (الربى غلب اللّبى) بمعنى أنّ من يربّي هو الأساس، وليس من ينجب!.

فعلا أنا لم أتأثّر بأحد إلاّ بأمّ بسّام، ولم أنسها يوماً. إلاّ أنّ الأيّام تنطوي يوماً بعد يوم مسرعة، وأنا مكتوفة الأيدي. حتّى الصمت علّمني لغة الصمّ والبكم؛ فقط قلمي جفّ حبره من كثرة الخربشة، على الورق الأبيض الناصع. متمنيّة أن أحتضن طفلاً فقد الأمومة لأنّ الأطفال الأيتام كثر في أيامنا هذه، وبحاجة لمن يحتضنهم، وسرح خيالي في الأفق. في السحاب، وعلى صفحة السماء، وتدفّق الينابيع، وهدير الأمواج، وفي الغابات أستمع لحفيف الأشجار، وأنظر إلى الورق الأصفر كيف يتساقط على الأرض في الخريف. ثم تنمو البراعم من جديد، وتتفتّح، وتخضرّ الأوراق، والشمس تشرق بخيوطها الذهبيّة، وأنا أتنقّل من مكان إلى آخر مبتهجة بكلّ ما أراه. صحوت من شرودي فتذكّرت أنّ حذائي لا يصلح للجري، حتّى الحلم لم أوفّق به!.

أخيراً وصل ملهم، وهو ينادي من بعيد بصوت مرعب: أين أنت يا فرح؟ علمت بما حصل في بيت أبي صادق، وتوقّعت أنّك دون عملٍ. أحسست من كلامه، وكأنّه من المقرّبين، مع أنّي أفتقد هذا الإحساس، لعدم وجود أقارب لي، أو من أحبّه. لكن حينها كنت متلهّفة لمن يهتمّ بي، ويسأل عنّي.

- أهلاً يا ملهم. جئت في وقتك فعلاً. إنّي دون عمل، وبحاجة لأشياء كثيرة.

- جئتُ أخبرك أنّ عمّتي أمّ صالح مريضة، وتحتاج لمن يعتني بها. تفضّلي معي لأعرّفك عليها!

- انتظرني قليلاً. سأكون جاهزة. (خرجت وأنا أنتعل الشحّاطة، التي تركها لي سائق السيّارة) نظر إليّ، ثم قال: أتذهبين هكذا؟

(شرقت بلعابي، وأنا مرتبكة، ولم أجبه!)

قال: انتظري قليلاً ريثما أعود (راح مسرعاً واشترى لي حذاء، وشكرته واشترطت عليه، بأن يقبل منّي أن أسدّد ثمنه، من أوّل أجرة أحصل عليها، من بيت أمّ صالح. لعلّه يكون بقياس رجلي! أجابني: أتمنّى أن يكون بقياس رجلك فعلاً. لقد أثار اهتمام ملهم الزائد شكوكي!).

- هيّا إلى بيت أم صالح!

***

كانت مفاجأة لي في بيت أمّ صالح المرأة العجوز كالملاك، على سريرها، والنور يشعّ من وجهها، والنظافة في كلّ زاوية من البيت، مع أنّها تعجز عن الجلوس وحدها. تجلس إلى جانبها صديقتها المسنّة، ويتحدّثن مع بعض. دخلتُ المطبخ لعلّه يحتاج إلى ترتيب، أو تنظيف. لم أجد لي عملاً فيه.عدت إلى أمّ صالح أسألها عمّا يمكن أن أفعله في هذا البيت!؟

أجابتني بصوت حنون:

- أنت تبقين إلى جانبي لعلّني أحتاج أن تساعديني. اجلسي يا بنتي، وتابعت حديثها مع صديقتها. ممّا قالته لها: الله يوفقها زوجة ابني. إنّها تصحو باكراً. تغسل لي، وتنظّف البيت، وتعدّ لي الفطور، وتعطيني الدواء، وتحضّر طعام الغداء، وتلبّي طلبات زوجها وأولادها، ثم تذهب إلى دوامها. أجابتها صديقتها: الله يوفقها. كلّ أهل الحارة يحسدونك على زوجة ابنك، وعلى لطفها، ومعروفها. كنّتك بنت أصل.

هل تعرفين يا أمّ صالح أين جارتنا العجوز أمّ عمار؟

- أنا لم أشاهد أحداً من ذويها. أين هي أمّ عمّار؟

- أمّ عمّار أخذوها إلى دار العجزة.

- لهْ. لهْ يا أمّ عمّار. كم أنجبت، وكم ربّت، وكم تعبت بحياتها. في آخر أيّامها لا يتحمّلها أحد.

- يا أختي ما كلّ الناس مثل بعض. ما أحد يتقبّل وضعها. يا حرام. أصيبت بمرض الزهايمر، ولم يعرف أحد كيف يتعامل معها. لا أولادها، ولا زوجاتهنّ. كلّ يوم أصواتهم تعلو، وتصل إلى آخر الحارة. زوجات أولادها حردن إلى بيوت أهلهنّ مهدّدين أزواجهنّ بعدم العودة إلاّ إذا أخذوها إلى دار العجزة!

وأنا ما زلت جالسة على غير عادتي، وقد مللت من الجلوس دون عمل. قلت للعجوزين:

- ماذا تريدان أن أحضر لكما؟

قالت أمّ صالح، والابتسامة ترتسم على وجهها:

- «يا حبيبتي. اعملي معروف واغلي لنا ركوة بابونج!؟»

بعد أن أحضرت لهن البابونج شربت أمّ عمار كوب البابونج ثم ودعت أمّ صالح لتغادر، وهي تقول لي: عندما ينتهي عملك هنا. أنا سأنتظرك. أنا أحتاجك بموضوع مهمّ.

البيت بجانب بيت أمّ صالح. وأنا أتمنّى أن أبقى في هذا البيت لأنّه يريح من يدخله، ويعطي له طاقة إيجابيّة عالية.

من خلال علاقتي ببيت أمّ صالح لمست بأهل بيتها جميعاً الطيبة. رأيتهم محبّين لبعض وللناس. ومن أجمل ما شاهدت كيف يهجم أحفادها الصغار والكبار بعد عودتهم من المدرسة إلى تيتا، ويعانقونها، ويقبّلونها، وهي تغمرهم بالحنان والمحبّة،

والكلّ يتسابقون على خدمتها. ورأيت كيف كانت تتكلّم مع أبنائها المغتربين هاتفيّاً، وتحثّهم على العودة: عودوا إلى البلد. لا تتّسع لكم إلاّ بلدكم؛ فإذا بقيتم في الغربة تعيشون هناك غرباء؛ حتّى أذا عدتم، أيضاً ستعيشون في بلدكم كغرباء بعد أن انقطعتم عنها. لكنّهم يجيبونها: «يا أمّي لم نعرف قيمة بلدنا، ونعمتها إلاّ بعد أن ابتعدنا عنها. لا يوجد مثل بلدنا، ولا مثل شمسها، ولا مثل هوائها، ولا مثل ناسها؛ لكنّك تعرفين الوضع الذي سبّب لنا مغادرتها.

يا أمّي سنطلبك للسفر إلينا. إنّنا مشتاقون لك».

تجيبهم، والدموع تغسل خدّيها:

– أخاف أن أموت، ولا أراكم!

تمسح دموعها وهي تحدّثني عن أولادها، وعن رحيل أبيهم المبكّر منذ صغرهم، وكيف حملت مسؤوليّة تربيتهم، والإنفاق عليهم، وهي تعمل خيّاطة على ماكينة خياطة يدويّة. وتقول: «والحمد لله لم أمدّ يدي لأحد، حتّى أنهوا دراستهم، وأصبح منهم الطبيب، ومنهم المهندس، ومنهم من درس دراسات عليا» وتابعت تقول: «كنت أتمنّى أن أموت، قبل أن أفقد ولدين من أولادي الستّة. إنّما عزائي أنّهما استشهدا في الحرب. بقي عندي أربعة شباب. اثنان في الغربة واثنان عندي في البيت. بعد لحظات من صمت تابعت تقول: «انشاء الله ما تجرّبين الموت، ولا الغربة يا بنتي» كنت أصغي لها، وأنا أبلع لعابي حزناً على معاناتها. لم أقدر أن أتحمّل فتساقطت دموعي دون إرادتي. قلت لها، وغصّة في صدري: «الله يقدّرك على الصبر. هناك يا خالة أشياء كثيرة أصعب من الموت والغربة!».

- أكيد أيقظت لك أحزانك دون قصدي. أعرف أنّ هناك ما هو أصعب يا بنتي!

- الأصعب يا خالة أنّ الإنسان الذي يفتح عينيه على الحياة، وهو مقطوع من شجرة، ولا يعرف أين الشجرة، التي حملت هذه الثمرة، والناس جميعاً تنظر لها على أنها ثمرة فاسدة!

- ماذا تقولين يا بنتي هذا كلام أكبر من عمرك. ما زلتِ صغيرة. ما الذي تعانينه في حياتك، وآلمك؟!

- ليس الصغر مهمّاً، أو الكبر. المهمّ هو ما يُزرع في الطفولة، ومن المحال أن يمحى!

- خير يا بنتي؟ ممكن أعرف ما يؤلمك لأساعدك؟ اعتبر نفسي أمّك الثانية. فضفضي لي ما في داخلك كي ترتاحي.

- يأتي الوقت المناسب، وسأخبرك بكلّ شيء. الآن ليس الوقت مناسباً. وحان الوقت كي أغادر، لأنّ أمّ عمّار تنتظرني، وأنا في كلّ بيت أدخله، لا أعلم ما هو مخبّأ لي من خير، أو شرّ. أنا مجبرة على أن أتحمّل كلّ شيء يحدث لي.

أتذكّر أنّ أمّ عمّار قالت لي: سأخبرك عن موضوع مهمّ. سألت نفسي: ما هو هذا الموضوع يا ترى؟ فأنا لأوّل مرّة أشاهدها في بيت أمّ صالح؟!

قبل أن أخرج من بيت أمّ صالح سألتها: أتعلمين ماذا تريد أمّ عمار منّي؟

- لا أدري! لكنّها امرأة تحبّ عمل الخير، ولعلّها بحاجة إليك.

***

6

دخلت بيت أمّ عمّار، وأنا متردّدة. كانت المفاجأة أنّ أمّ عمّار هي نفسها أمّ ملهم، ثم دخلت بالموضع فوراً، وأخبرتني عن قصّة ملهم كيف كان مرتبطاً بفتاة لمدّة خمس سنوات. قصّة حبّ انتشرت في البلدة، وهو ينتظر الفرصة المناسبة ليتزوّج منها، إلاّ أنّه لم يتمّ زواجهما بسبب أنّ أحد الإرهابيّين اغتصب الفتاة دون إرادتها بعد تعذيبها، الذي تحمّلته إلى أن هربت منه، وعادت إلى بيت أهلها. الأمر الذي جعل ملهم يفسخ علاقته معها، وهو الآن يبحث عن عروس، وأرسلني إلى بيت أمّ صالح لأنّه يعلم أنّك تعملين لديها، وبصراحة إنّه معجب بك، ويحبّ أن يتعرّف عليك إذا لم تكوني مرتبطة بأحد. كنت أسمع كلامها على مضض، ولم أستطع تحمّل ما تقول. ما ذنب تلك الفتاة كي تعاني ما عانته رغم أنّها لا تزال في أوّل حياتها؟!

سألتها:

- كيف حال هذه الفتاة؟ هل ما زالت تحبّ ملهم؟

- ما زالت تحبّه، وتراسله كي يتزوّجها، لكنّه يرفض.

- لماذا يرفض بسهولة، ويتخلّى عن محبّة خمس سنوات؟ (قلت في سرّي): فلو أنّه كان قد تزوّج أكثر من مرّة يستطيع أن يبرّر لمن يحبّه؛ لكن هي مع أنّها كانت مجبرة، فلم تقدر أن تبرّر له!

قالت أمّ عمّار:

- «يا بنتي ما راح أنكر عليك. لقد طلبت من الفتاة، وبمعرفة أمّها أن تجري عمليّة تجميل لعذريّتها، وتقول لملهم، أنّ أحداً لم يلمسها. أجابت الفتاة: «أنا لا أستطيع أن أكذب، وأنكر عليه ما حدث. لا أريد أن تبدأ حياتي بالكذب! فإذا هو أو غيره لم يقدّر ظروفي، أفضّل أن أتابع مسيرة حياتي، وأكون صادقة مع نفسي»

- ما رأيك يا فرح هل تقبلين أن تتعرّفي على ملهم؟

موقفه من فتاته جعلني أتوجّس منه. لم أجبها سلباً، أم إيجاباً، واستدركت، فقلت لها:

- الأيام كفيلة بأن تحلّ كلّ الأمور المعقّدة.

خرجت من بيت أم عمّار، إلى بيتي كي آخذ فترة من الراحة، وأجلس بمفردي لأنّي تعوّدت على الوحدة، ففيه أستطيع أن أفكّر بحريّة، وأتابع تدوين ما يدور في مخيّلتي، عمّا أعجز أن أبوح به لأحد، وفي الواقع استغربت طريقة التعارف على ملهم بواسطة أمّه. أتساءل: يا ترى لماذا لم يعبّر ملهم لي عن إعجابه بي، مع أنّي كنت أشكّ باهتمامه.

هل الزواج الفاشل، وكثرة الطلاق أعادت الناس إلى العادات التقليديّة في الزواج، بواسطة الأقارب، أو المعارف؟. لماذا لا يملك ملهم القدرة بأن يفاتحني بهذا الموضوع؟!

سأصرف النظر حاليّاً عن هذا الموضوع، لأنّي متأكّدة من أنّني لو صارحته عن قصّتي، فلن يقبل بي، مع أنّي ينقصني الكثير في حياتي؛ أيضاً ينقصني الحبّ الحقيقيّ. الحبّ الصادق ممّن يقف بجانبي، ويحميني من الوحوش الشاردة المستغلة نقاط الضعف الموجودة، في كلّ منّا كنساء بعيداً عن المصالح، التي يتعرّض لها الكثير بواسطة وسائل التواصل الاجتماعي، التي اجتاحت بيوت كلّ الناس، وسطت على كثير من القيم والعادات والتقاليد والألفة والمحبّة والطيبة، التي كانت تجمعهم؛ فسوء استخدامها أدّى إلى تفتّتت الأسر.

ألسنا نراهم في المناسبات والأعياد يجتمعون كأعداد فقط، وكلّهم أفكارهم متشتّتة هنا وهناك بحياة افتراضيّة، وبعد حقيقيّ عن جوّ العائلة الحميميّ. هذا الجوّ الحميميّ، الذي كنت أعيشه في بيت أمّ بسّام، وكانت دائماً تجتمع بجميع أفراد الأسرة، وتلقي عليهم دروساً من تجاربها في الحياة، كي ينجحوا، ويحافظوا على القيم التي تربّوا عليها، وتؤكّد لهم بأنّ الصدق أهمّ شيء، في التعامل كي يكونوا ناجحين، مع الناس، ومع أنفسهم. كما لمست الصدق لدى أسرة أمّ صالح. الكلّ يجمعهم الحوار، والمحبة، وتجمعهم المائدة.

(كلّ ما ذكرته في كفّة، وما فعلته الحرب في كفّة).

بحكم عملي أدخل بيوت كثيرة، واتّضح لي بأنّ من بين كلّ مائة أسرة توجد أسرة ناجحة. تعيش بمحبّة صادقة. وفي غيرها من الأسر تظلّ المرأة واقفة، إلى جانب زوجها من أجل الأطفال، أو لعدم وجود مأوى لها، أو أهل، وغير مستقلّة ماديّاً. هذا كله

لا يغني عن أن أستمرّ بالبحث، عن أبي فارس بائع الدجاج، وأسأل أين أصبحت ابنته فضّة لعلّها تكون أمّي فعلاً كما قالت أمّ بسّام، مع أنّها غير متأكّدة من ذلك؛ هي تسمع من الجيران.

سأحاول اليوم أن أستدرج أمّ صالح، فهي امرأة مسنّة، وتستمع عن الكثير من المعلومات. سأرتدي ثيابي على الفور، وأذهب إلى أمّ صالح.

بعد أن خرجت من بيتي إلى بيت أمّ صالح استدركت أنّ الوقت ليس مناسباً بعد لذلك. لأوّل مرّة أنتبه للطبيبة وجمالها. تبدو كالشمس عند أوّل شروقها، وكالنسمة الرطبة في أوّل فصل الصيف. رحت أتمشّى مستمتعة بالطبيعة.

رأيت الطيور تتنقّل بين الأغصان، وتحطّ بين الأزهار المتنوّعة، وأصغي لأصوات تأتي من هنا وهناك. أشاهد الفلاّحين عند عودتهم من كرومهم والابتسامات على وجوههم. محمّلين دوابّهم بالعنب والتين، يا ألله كم هم أسخياء، وهم يطعمون كلّ من يمرّ بجانبهم!

وصلت بيت أم صالح، وأنا محمّلة بالعنب والتين. استقبلتني قائلة: من أين هذا الخير؟

- هذا من خيرات كروم الفلاّحين الذين شاهدتهم، وأنا في الطريق إليك. المثل يقول: (الله طعمك كل واطعم) جلسنا نأكل معاً، ونتحدّث. سألتني ما الذي كانت تريده منك أمّ عمار؟

- سألتني إذا كنت مرتبطة بأحد، وقالت لي: إنّ ملهم معجب بك! (بعد لحظات من الصمت، وأنا أنتظر من أمّ صالح أن تتكلّم أيّ شيء عن ملهم، أو تبدي رأيها. لم تتكلّم بشيء، ولم تعبّر عن رأيها بالموضوع لا خيراً ولا شرّاً؛ إنّما غيّرت الموضوع، وراحت

تسألني: ما الطعام الذي تعدّينه لنا اليوم؟ أجبتها: أنت تختارين ما تريدين يا أمّ صالح.

- من زمن طويل لم تعدّي لنا الدجاج. ما رأيك أن نأكل لحم الدجاج معدّاً من بين يديكِ؟!

حان الوقت لأسألها عن أبي فارس بائع الدجاج؟ أبو فارس بائع الدجاج، الذي كان يدور في القرية، القرى المجاورة. كنّا نشتري الدجاج حيّاً، ونحن نذبحه وننظفّه في البيت. بعدها تطوّرت التقنيّة، وأصبحنا نشتريه جاهزاً وأحياناً مشويّاً.

أجابت أمّ صالح:

- يا سقا الله تلك الأيام. على الرغم من أنّها كانت متعبة جداً؛ لكن لها حلاوتها. كانت كلّها هدوء بال يا فرح، وكان كلّ شيء طبيعيّ على أيّامنا.

- «دخلك يا أم صالح أين صار أبو فارس؟ ماذا يعمل الآن؟ هل ما زال يبيع الدجاج؟».

- يا فرح. من زمن طويل لم أشاهده. كان يأتي إلى ابنته فادية. فادية هذه كانت تسكن في هذه البلدة، وبقرب من بيتنا. من وقت فضيحة ابنته فضّة، التي هربت منه إلى بيت أختها فادية؛ لأنّ أباها كان يهدّدها بالقتل.

- ماذا فعلت ليهدّدها بالقتل؟

- «على غير ذمّتي. الناس كانت تخبر عنها أنّها أنجبت طفلة بالحرام، ورمتها عند باب الجامع. كذلك قالوا أنّ امرأة من البلدة ذاتها وجدتها وأخذتها إلى بيتها، وربّتها مع أولادها! هذا الكلام منذ حوالي عشرين عاماً، وحتّى الآن لم أشاهد أبا فارس.

ما الذي دعاك أن تتذكريه؟!).

- تذكّرت صوته، وهو ينادي: «جاج. جاااج. بصوت عال منذ الصغر، وأسرع وأنادي لأمّي لتشتري لنا دجاجة وتطبخها لنا. يا حرام يا فضّة. أما زالت تعيش؟ أو يكون أبوها قد قتلها؟!».

- ما زالت تعيش. (وأكملت أمّ صالح تقصّ حكايتها).. أختها فادية دبّرتها، وزوّجتها لأخّ زوجها المسافر إلى دبي. هرباً من خدمة العلم، ولم يعد إلى البلد. سافرت فضّة إليه، وعاشت معه في رفاه، وأنجبت بنتاً وحيدة. لكن يا حرام؛ أخبروني بأنّ زوج فضّة توفّي بحادث سير في دبي؛ أمّا زوجته فما زالت هي وابنتها في الغربة؛ لكنّي سمعت من أختها فادية أنّها ستعود إلى البلد.

- يا خالة أمّ صالح لا وقت لنكمل الحديث. تأخّرنا بإعداد الطعام. بعد قليل يأتي الأولاد من المدرسة جائعين.

- لا تتأخّري يا فرح في المطبخ. أنتظرك.

قصدت المطبخ بعد أن التقطت رأس الخيط، الذي كان مجهولاً بالنسبة لي؛ يبدو أنّ كلام الناس، وما قالوه عن فضّة أنّها أمّي كان صحيحاً، مع أنّ هذا الخبر قد يثيرني من جديد، ويزيد الأمل بأن أشاهد أمّي؛ هل أسامح أمّي يا ترى؟ هل من الممكن أن أعفو عنها، وأسامحها على الجريمة التي ارتكبتها بحقّي؟!

نضجت الطبخة والأفكار المتضاربة تأخذني إلى البعيد، وتعود بي. يا ترى ما هي ردّة فعل أمّ صالح لو عرفت حكايتي بأنّي أنا ابنتها؟ لا شكّ أنّ أمّ صالح امرأة غير بقيّة الناس. إنّها حكيمة بأفكارها.

أمّ صالح تناديني، وأنا ما زلت في حالة شرود.

رحت إليها مسرعة أسألها؟ هل أحضر لك طعام الغداء؟

- سأنتظر بقيّة أفراد الأسرة لنتناول الغداء معاً.

- كل شيء جاهز يا أمّ صالح. أنا سأغادر.

- لا أقبل أن تغادري قبل أن تتناولي طعام الغداء. بعدها اذهبي. الآن لن أسمح لك يا فرح بالذهاب.

- سأذهب الآن. أعدك أن أتناول الطعام معكم في مرّة أخرى

- لا أرضى عليك يا فرح إن لم تناولي الطعام الآن، أو ..

- لا أقبل على نفسي أن أذوق الطعام قبلكم.

- لا يا بنتي فرح. أنت ليس غريبة. أنت مثل بنتي أو أقرب منها، لأنّها في الغربة. أنت أقرب منها إليّ. اذهبي، وحضّري طعامك، وتعالي لنتحدّث ريثما ينتهي الدوام. دخلت المطبخ، وأنا أفكّر كم الفرق بين النساء!

سكبت صحناً من الطعام، وجلست بجانب أم صالح. بدأت بسؤالها لي عن تفاصيل حياتي.

أجبتها بأنّي أنا البنت التي وجدتها أم بسّام على باب الجامع، وربّتني مع أبنائها، وتحمّلت مسؤوليّتي. لم أنسَ يوماً أمّ صالح يا خالة عندما كانت تدافع عنّي حفاظاً على مشاعري، وتبرّر خطيئة من أنجبني، ولا تدع أحداً يتكلّم عنّي بسوء. لسوء حظّي أنّي بقيت على قيد الحياة عندما سقطت القذائف على المنزل، وانهال علينا، ولم ينجُ غيري.

حتى الآن لم أخبر أحداً عن قصّتي إلا أنت يا أمّ صالح. أنت الوحيدة التي ارتاح لها ضميري، ولم أعد أتحمّل ما في داخلي، ولم أجد بحاجة لمن يفهمني سواك. (وعيني ترقب أم صالح، وأنا في

موقف محرج خوفاً من ردّ فعلها وتغيّر نظراتها لي. إلا أني مثل ما توقّعتها كانت!).

ما كان عليها غير أن أجابتني مع تنهيدة عميقة لتخفف عنّي:

-»يا بنتي يا فرح. هناك أناس مثلك. عليك أن تكوني أقوى من المصيبة دائماً، لتتابعي حياتك، وإن شاء الله تكون الأيّام القادمة أجمل. وأعدك يا فرح عندما أسافر إلى دبيّ سأحاول عن طريق إحدى صديقاتها أن أتعرّف عليها، وأخبرها عنك بطريقتي».

ازدادت خفقات قلبي، وازداد أملي بالحياة، وبأن التقي بأمّي حتّى لو انتظرت الكثير. بعد صمت طويل تابعت تسألني:

- ما الذي حصل بينك وبين ملهم؟

- أنا لا أعلم عن ملهم شيئاً. سأخبرك الحقيقة يا أم ّصالح أحياناً أشعر بأنّي خالية من المشاعر تجاه الجنس الآخر. لا أنكر عليك أنّه شعور غريب، وأعجز أن أعيش كبقيّة الفتيات، وفي داخلي تساؤلات كثيرة. وأحياناً أشعر أنّي بحاجة لمن أعيش معه. مع كلّ هذا أرى أنّ أفكاري متناقضة، ولا أستطيع التحكّم بها!

- هل تسمحين لي أن أغادر يا أمّ صالح؟

- اشتاق لك كثيراً يا فرح، لأنّك لا تأتين أيّام العطلة الصيفيّة إلى هنا. قالت زوجة ابني أنّها هي التي تتحمّل مسؤوليّة العمل، في البيت طيلة أيّام العطلة! اقبلي منّي هذه الهدية، وأتمنّى أن تزورينا بأيّام العطلة الصيفيّة.

- شكراً كثيراً يا خالة أمّ صالح إن شاء الله سأزورك. (خرجت من بيت أمّ صالح وأنا لا أرى أمامي. اصطدمت بالحائط من حيرتي، وغضبي، وأنا أفكّر أين سأجد عملاً، وإلى بيت من أدخل!

وإلاّ بملهم يقف عند باب بيته، وكأنّه كان ينتظرني ليتكلّم معي، وهو يبتسم. يطلب منّي أن أدخل إلى بيته قائلاً لي بأنّ والدته تنتظرني! شكرته وتابعت الطريق مسرعة من حدّة الشمس في منتصف النهار! أتفاجأ به يقود سيّارته، ويقف بجانبي طالباً منّي أن أصعد معه إلى السيارة ليوصلني إلى بيتي!

بعد أن ركبت في السيارة معه راح يسألني:

- لماذا كلّ هذا الغضب الذي يبدو على وجهك؟ هل تصرّفتُ بشيء لا يرضيك؟!

- أنت لا علاقة لك بغضبي. غضبي من أمّ صالح بأن لا عمل لي في بيتها طيلة أيّام العطلة الصيفيّة؛ فأنا كنت مرتاحة كثيراً في التعامل معها، ولا أحبّ أن أتعرّف كلّ يوم على أناس لا أعرف عنهم شيئاً. ليتني أعمل خدّامة في بيت واحد، ولا أدخل كلّ يوم بيتاً لا أعرف عنه شيئاً.

أجابني ملهم:

- بدءاً من هذا اليوم أنا المسؤول عن عملك؟ وأنا سأجد لك الحلول. هل فكّرتِ يا فرح بالموضوع، الذي فاتحتك أمّي به؟

- ما زلت غير متوازنة، ولا أستطيع أن آخذ قراراً، والحيرة تراودني حول هذا الموضوع. إنّه يحتاج للتروّي.

- أنا أنتظر قرارك بفارغ الصبر!؟ أما بالنسبة لك وللعمل؛ أتقبلين أن تأخذي ما يلزمك من مصروف، وترتاحي في البيت؟

- أشكرك يا ملهم. العمل يملأ وقتي، ويريحني، ولن أتخلّى عنه

قبل أن أنزل من السيارة أمام البيت، قال لي ملهم:

- سوف أبحث لك عن عمل يعجبك.

دخلت البيت لأنزع الثياب المليئة برائحة المنظّفات، التي تعوّدت عليها؛ لكن اليوم رائحة العطر، التي وضعها ملهم على ثيابه كانت تدخل إلى أعماقي، حتّى أنّها أنعشتني. لأوّل مرّة أشعر بذلك. وما زلت أنكر على نفسي أنّي أحمل مشاعر أي فتاة؛ أنا لم أحبّه من قبل.

أحببت اهتمامه بي لأنّي بحاجة لمن يقف إلى جانبي، وفي الوقت نفسه أتوجّس منه. كلّ شيء يترك أثراً. كانت عيونه تحدق بي، والشرّ يتطاير منها، وفي لسانه الناعم يحاول يتباهى بنكران ذاته، ويتكلّم عن محبّة الفتيات له، وكيف يتعالى عليهنّ، ولا يثق بهنّ، ويكرّر إعجابه بي فقط؛ لكن هذه الصفات من الناس، مع أنّي لم أنخدع بها، ولا أثق بهم. أعتبره ممّن يلوّثون المجتمع، ودائماً يحاولون التعبير عن مشاعرهم المزيّفة مع الفتيات، حتى يتورّطن معهم، ويصدّقونهنّ، ومن الممكن أنّ أمّي هي من لوّثها أحد أمثاله. يبقى عار عليها وعلى أهلها وأولادها حتّى ما بعد موتها؛ أمّا الشابّ لا أحد يعاقبه، ولا أحد يلومه على أفعاله. هكذا مجتمع الذكور دائماً يقلّد أباه بحبّ السيطرة والتسلّط وتملّك كلّ شيء؛ حتّى المرأة يعتبرها سلعة في أيّ وقت يريد يحصل على ما يريده منها، ويرميها وينكر ما فعله.

أشياء تؤلم كثيراً، وتتراكم في داخلي، وتملأ الأوراق البيضاء. أشعر بضيق في صدري. ما عليّ غير أن أخرج إلى بيت جارتي سعاد، فمنذ فترة لم أشاهدها، ولا أعرف ما أخبارها.

***

7

كانت سعاد تجلس مهمومة كئيبة، وحولها كميّة كبيرة من
الصوف في بيتها تنتظر متلهّفة لصديقة تزورها لتفضفض عن
نفسها لعلّها ترتاح قليلاً، فهي في داخلها مقهورة جداً.

فوراً بدأت تخبرني قبل أن اسألها عن حالها. هل عرفت ما الذي
حدث معي؟ (وتابعت تقول): بعد أن صرفت كلّ مصاغي، وكل
ما كان قد ادّخره زوجي في الغربة دفعته فدية للّصوص، الذي
خطفوه، ولم يبق معنا حتّى ثمن الخبز.

استدان زوجي ثمن تذكرة الطائرة من صديق له، ثم سافر من
جديد، وأنا رحت أبحث عن عمل لأطعم أولادي. ريثما يجد عملاً.
تعرّفت على بائع أصواف أستدين منه الصوف، وعندما أبيع إنتاجي
من شغل يديّ أسدّده الدين. رحت أتردّد عليه بداعي العمل، وفي
إحدى المرّات قدّم لي سلسلة من الذهب الخالص لأقبلها منه
كهديّة، وراحت كلماته العذبة تتدفّق تغزّلاً بي، ولم يحترم هرمه.
رفضت هذه الهديّة، ورجوته أن يبقى العمل هو ما يجمع بيننا
دون التمادي إلى ما عداه، وعلى كلّ منّا أن يعرف حدوده.

نظر إليه غاضباً، وهو يقول لن أعطيك الصوف، إلاّ عندما تكتبين اسمك الصريح على هذه الفاتورة مع توقيعك.

قلت له أنت تعرف أنّني لا أجيد القراءة والكتابة!؟

أعلم ذلك؛ لكنّك تستطيعين أن تبصمي هنا!

بعد أن أخذت كميّة من الصوف بمبلغ قدره عشرة ألاف ليرة بصمتُ له على فاتورة الحساب، ورحت أصل الليل بالنهار، في العمل لكي أسدّد له المبلغ.

بعد فترة من الزمن ذهبت إليه ثم قدّمت له العشرة ألاف ليرة، وأنا أشكره. أتفاجأ أنّه يقول لي:

- ما الذي تعطينني إيّاه؟ عشرة ألاف ليرة؟ إنّ المبلغ الذي حصلتِ به على الصوف مئة ألف!

- مئة ألف؟ كيف؟ كلّ ما أخذته هو لم يكمل ثلاثة كيلو من الصوف!

أجاب بلؤم:

- ديون متراكمة من قبل. سأمهلك شهراً فقط؛ إذا لم تسدّدي المبلغ لكلّ حادث حديث.

- لم أجبه بشيء، ولا ناقشته بالموضوع. يبدو أنّه ينتقم منّي. لا أعلم ما الذي سأفعله كي أسدّده هذا المبلغ. لم يبقَ من الشهر إلاّ خمسة أيّام، وأنا أحتاج لستّة أشهر كي أستطيع ادّخار المبلغ المطلوب. ماذا أفعل يا فرح؟ سألت نفسي.

- أنا سأذهب إلى أمّ صالح. هذه العجوز تحبّ عمل الخير دائماً، وسأحضر لك المبلغ، وعندما يتوافر المبلغ معك تسدّدينه لها

- تعملين أكبر معروف معي يا فرح لا أنساه أبداً.

قصدت أمّ صالح، فلبّت طلبي على الفور دون أن تعرف لمن هو وماذا سأفعل به.

فرجت على سعاد بأن تنتهي من هذا الرجل العجوز، الذي استغلّ نقطة ضعفها لحاجتها الماديّة، وأنا أنتظر بأن تفرج عليّ بعمل جديد. أنظر من النافذة، وفي حسابي أن يأتي ملهم، ويخبرني عن عمل أمّنه لي من جديد.

زهقت من الجلوس والانتظار في البيت دون عمل. خرجت من البيت لا أعرف أين أتّجه. أوّل من خطر ببالي أمّ صالح، التي أخبرتني عن أمّي فضّة، وخالتي فادية. رحت إلى بيت خالتي، وعندي فضول أن أراها بحجّة، إذا كانت تريد من يعمل في بيتها، وبواسطتها أعلم شيئاً عن أمّي فيما لو كانت قد عادت من السفر أو لا!

وصلت البيت الذي وصفته لي أمّ صالح. صعدت الدرج، وأنا متردّدة. أتساءل في سرّي: كيف ستستقبلني. بعد أن قرعت جرس البيت استقبلتني امرأة. سألتها:

- هل هذا بيت فادية؟ (كنت مرتبكة بكلامي لأنّي لا أعلم ماذا ستجيبني!)

أجابت:

- أنا فادية. من أنت، وما الذي تريدينه منّي؟

- أخبروني أنّكم بحاجة لمن يشتغل في بيتكم؟

سألتني: «ما اسمك، وأين كنت تعملين؟».

- أنا فرح، وكنت أعمل في بيت جارتك أمّ صالح. اسألي أمّ صالح عنّي إذا كنت ترغبين!

طلبت منّي رقم هاتفي. لقّنتها إيّاه. قالت لي:

-إذا احتجتك أتّصل بكِ.

عدت إلى بيتي متفائلة، ولي أمل كبير بأنّي سأتعرّف على أمّي فيما بعد.

كان الوقت عصراً، والشمس على وشك الغروب، والجو حارّ جداً. أحببت بأن أجلس في الهواء الطلق. دخلت الحديقة. جلست على مقعد بجانب شاب وفتاة وهما في غاية الانسجام، وبدأت أتسلّى بفصفصة بزر اشتريته من عربة بائع يقف أمام الحديقة. نظراته كأنّما تفرض على كلّ شخص يدخل الحديقة أن يشتري منه، ليمضي وقته المستقطع.

أنظر إلى الناس لعلّني أتعرّف على نساء أقضي معهنّ الوقت. لم أشاهد واحدة أعرفها. لفتت نظري الفتاة، التي تجلس بجانب الشابّ، وهما في غاية الفرح، وعيونهما تبرق في نظراتهما لبعض، بدليل شرارات المحبّة المتطايرة بينهما، وهو يحدّثها همساً، وتجيبه أيضاً بهمس، ودلع، وكأنهما يخطّطان لمشروع زواج.

من كلمة واحدة تغيّرت ملامحهما، وارتسم الغضب على وجهيهما. فجأة ارتفع صوت الفتاة. راحت تشتمه، وتعيّره بأخلاقه، وسلوكه، ثم نزعت محبس الخطوبة من إصبعها، ورمته على الشابّ، وخرجت من باب الحديقة مسرعة. كان المحبس قد انحرف عنه، وأصابني تحت عيني مباشرة، وراح الجرح ينزف، والشابّ يفتّش عن المحبس. التقطه من الأرض، وأسرع وراءها، وأنا حائرة، ومرتبكة. كيف أضمّد جرحي، الذي ينزف، والدم بلّل ما معي من مناديل ورقيّة، ولم أجد بعدها أيّ شيء أمسح به الدماء

كبست الجرح بكفّي. لفتّ أنظار من كانوا بالقرب منّي. أسرعوا نحوي يريدون مساعدتي، مع أنّه جرح بسيط. أقنعتني إحداهنّ بأن أذهب إلى أقرب مركز صحّي لتضميد الجرح. رافقتني امرأة أخرى غيرها، إلى المركز خوفاً عليّ. قالت لي:

- كلّ من يأتي إلى الحديقة هم أسرة أو أقارب أو جيران أو مع أخ أو أخت. الغريب بأنّك لا تصطحبين معك أحداً!

- أنا وحيدة في هذه القرية. أهلي وأقاربي كانوا من ضحايا الحرب فغدوت وحيدة. أنظر إلى الأرض بحيث لا تشاهد عيوني وهي تنكر الحقيقة.

(مع تنهيدة من الأعماق دون قصد اعتذرت منّي بأنّي قد أيقظت بي جرحاً عميقاً قائلة):

- الحرب سبّبت الكثير من الجراح التي لا يمكن أن ننساها.

وصلنا المركز الصحيّ وهنا بدأ التحقيق:

- من أصابك وسبّب لك هذا الجرح، ومع من كنت تتشاجرين، وأين البطاقة الشخصية؟ (تاركين كلّ الجرائم الخطف والقتل والتهريب وراحوا يدقّقون على جرح صغير طائش دون قصد، وأنا مرتبكة في هذا الموقف)؛ إلاّ أنّ المرأة التي كانت ترافقني أنقذت الموقف وشرحت للطبيب كيف صار الحادث وأقنعته بذلك. مضى الحادث على خير.

خرجنا من المركز وقبل أن يفترق كلّ منّا إلى بيته، شكرتُ هذه المرأة، التي تعاملت معي بالحسنى، دون أن تعرف من أنا..

بعد الغروب كنت متخوّفة من حادث ما قد يحدث معي بشكل مفاجئ، وأكون الضحيّة؛ لأنّ أيّ شجار بين اثنين – مع الفلتان الذي

حدث في هذه الظروف - يعقبه عادة إطلاق الرصاص العشوائيّ من السلاح، الذي يحمله ذوو النفوس المريضة.

دخلت الحارة مسرعة، وقلبي متسرّع الدقّات من الخوف!

قبل أن أصل بيتي تفقّدت جارتي سعاد لنشرب المتّة سويّة. فكانت رائحة الطبخ الشهيّة تفوح من بيتها. توقّعت أن يكون في بيتها ضيوف. قلت لها:

- أعود في وقت آخر. (أصرّت ألاّ أغادر، وأن نشرب المتّة في مطبخ بيتها) أنا وكلّ نساء الحارة يعرفن بأنّ الطبخ الذي تعدّينه مميّز؛ أمّا الرائحة التي تعبق في المكان تجعلني أشتهي أن أتذوّقه قبل نضجه، وكأنّك تطبخين بالقدر الكبير. هل عندك ضيوف؟

- لا يا فرح لا يوجد عندي أحد؛ لكن في أحد الأيّام ساعدت جارتي بالطبخ. كان في بيتهم مناسبة، وكلّ المدعوّين أُعجبن بالطعام الذي أعدّته. سألوا من أعدّ الطعام بذات طريقة جارتي. عرفن بأنّي أنا صاحبة الحظّ السعيد. راحت النسوة تسألنني إذا بإمكاني أن أطبخ في مناسباتهنّ، وأنت يا فرح تعرفين الوضع، وما عليّ من ديون، وكم من الوقت أستطيع أن أسدّدها، فوافقت أن أعمل في بيتي، وبواسطة جارتي، ومعارفها فقط.

فرحتُ لها أنّها وجدت عملاً يدرّ عليها ما يقيم أودها.

كانت جلسة جميلة بعد التعب لشرب المتّة. تحدّثنا بأمور كثيرة، وخلالها سألتني عمّا أصاب عيني. شرحت لها عن الموقف الذي تعرّضت له في الحديقة، وما حصل معي في المركز الصحيّ! أخذني الحديث، وغدا الوقت متأخّراً. سأدخل بيتي لأرتاح فإنّي بحاجة للنوم يا سعاد. سأراك فيما بعد.

مشاهدات جميلة، وخالتي فادية تكلّمني. قالت أنّها بحاجة لي كي أعمل في بيتها. دُهشت عندما دخلت بيتها. لقد رأيت امرأة ومعها ابنتها في السابعة عشر تقريباً. كانت المفاجأة الأكبر عندما اتّضح لي بأنّ تلك المرأة هي أمّي فضّة، وقد أتت من السفر مع ابنتها. فوراً إلى المطبخ، وخالتي توصيني بأنّ أختها فضّة تشتهي الأطعمة الشعبيّة. عليك أن تعدّيها جيّداً يا فرح؛ ثم نادت لفضة: ما الذي تحبّين أن تأكليه يا فضة؟

أنا أشتهي أكلة الكبّة بلبن.

- كنت أحاول أن يكون الطعام شهيّاً جدّاً غير كلّ مرّة..

كان الصوت الذي يصدر عنهنّ عالياً تعبيراً عن الفرح باللقاء. سمعت خالتي فادية تقول للفتاة الجميلة ابنة فضّة:

- يا إيلين كم تشبهين اللفّاية. انظري إليها جيّداً!؟

أجابت إيلين:

- (ما في مشكلة. اللفّاية بنت عالم وناس. لكن، أكيد ظروفها دعتها تشتغل في البيوت. أتنتقدينها. ليتك تعرفين كيف تعدّين هذه الطبخة مثلها!).

ركضت إلى إيلين، وقبّلتها، فعانقتني. كم كنت قد تمنّيت بأن أقبّل أمّي قبل أن أصحو من نومي، الذي كنت فيه سعيدة بأحلام أبحث عنها كلّ نهار. من يوم ما أثبتت لي أم صالح متأكّدة بأن أمّي هي فضّة بنت بائع الدجاج أبي فارس. تشتّت أفكاري في الليل والنهار، وأنا أنتظر الحلم كي يصبح حقيقة.

إلى ظهيرة ذلك النهار وأنا أتقلّب على فراشي، الذي لا يريحني حتى في النوم. بالإضافة إلى أنّ عصافير بطني تزقزق جوعاً.

لم يكن لديّ قدرة بأن أهتمّ بنفسي، وآخر همّي أن أتناول الطعام من أجل أن أعيش. فُرجت عليّ. جارتي سعاد تناديني لأذهب مع حماتها، إلى المشفى، وهي تقول لي:

- أنا لا أستطيع أن أذهب معها، وأترك أولادي في البيت وحدهم، ومن الممكن أنّ حماتي تقيم فيه لإجراء الفحوصات.

***

<u>8</u>

هناك مناظر مؤلمة في قسم مرضى الدم بالمشفى يعجز المرء عن وصفها؛ فإن لم يكن فيك أيّ مرض ستصاب بعقدة عندما تشاهد تلك المناظر، وتخرج مريضاً! كنت أجلس بجانب أمّ سلطان، وأنا أتلفّت يميناً وشمالاً، فمن المرضى من يودّع الحياة، ومنهنّ وضعهنّ مستقرّ، ومنهنّ بدأ المرض بهنّ، وهنّ بعمر خمسة عشر عاماً. كنّ في بدايات المرض يدخلن يوماً فقط، ليتلقّين الجرعات، أو علاج الدم، أو الحديد. يتلفّت المرضى بعيون زائغة نحو أسرّة سواهم من المرضى، وهنّ يودّعن الحياة بنظرات كلّها خوف ورعب وحزن. ينتظرن متى يأتي دورهنّ في وداع الحياة، وكأنّهنّ جئن إلى هنا ليعرفن كيف ستكون نهايتهنّ. أشاهدهنّ، وأتألّم، من معاناتهنّ، ومن البؤس الذي أراه في عيونهنّ، ونظراتهنّ الحزينة.

حدثت نفسي لو كنت من الأثرياء، لكنت خصّصت مكاناً خاصاً لكلّ واحدة منهنّ، كي لا تشاهد سواها من المصابات بهذا المرض الخبيث، قبل أن تنهار نفسيّاً، وتصل إلى خيبة أمل، وتقضي قبل أوانها؛ مع أنّي كنت أشاهدهنّ، والبسمة على وجوههنّ عند

دخولهنّ لأوّل مرّة. بعدها تكون الصدمة قويّة بالنسبة لهنّ!

كانت أفكار كثيرة تجعلني أتساءل مع ذاتي: كم هدرت أموال من أجل قتل الإنسان؟! كم تحطّمت بيوت؟ كم سرقت أموال من البلد، وآلاف المرضى بحاجة ماسّة لشراء الدواء؟! كم. وكم؟!

أفكار كثيرة تخطر ببالي، وأنا أنظر حولي، ويدي تكشّ الذباب لأمّ سلطان عن وجهها، مع أنّ الذباب افتقدناه من بيوتنا إلاّ أنّه ما زال يتكاثر في المشفى؛ كما لفت نظري العجوز الراقدة على السرير المقابل لأمّ سلطان، والذباب يحطّ على وجهها، وهي تلتقط أنفاسها الأخيرة، ولا يوجد بجانبها أحد يعينها.

وضعتُ الكرسيّ بين السريرين، ورحت أطرد الذباب الذي يحوم عليها. لم أشاهد إلاّ المشرفين على وضعها الصحيّ يرقبونها؛ حيث أتى ابنها يحمل كيساً من الدواء في يده، والحقيبة في كتفه متلهّفاً ليطمئن عن حالتها المتدهورة صحيّاً. كان المنظر مؤلماً جدّاً عندما انحنى وعانقها وهو يقبل يديها ورأسها، وحتى رجليها، ويعتذر منها كيف أنّه لم يستطع أن يأتي قبل هذه اللحظة. تفتح عينيها عند سماعها صوته، ودموعها تسيل بغزارة. تحاول أن تتكلّم فلم تستطع، بل راحت تحرّك رأسها، وكأنّها تعاتبه: إلى الآن يا ولدي؟! ثمّ تحاول مرّة أخرى أن تحرّك شفتيها وتناديه باسمه. كانت كلمتها الأخيرة ونظرة الوداع.. كانت فاجعة بالنسبة لابنها لأنّه لم يستطع أن يصل، ويقدّم اعتذاره لها، كي تسامحه وتغفر له!

وحقيقة المشهد أنّ ابنها كان مسافراً في بلاد المهجر، ولم يستطع أن يأتي، ويشاهدها قبل أن تفارق الحياة، إلاّ في اللحظات الأخيرة.

هذه الأحداث تستدعي التساؤلات: لماذا يحدث مثل ذلك مع الناس، ما أدّى إلى حالة التشرّد من بلدهم. لماذا كلّ هذا الخراب، والناس أبناء بلد واحد، والكلّ نهايتهم واحدة، ولا أحد يأخذ معه في وداعه لهذه الحياة شيئاً؟!

وهكذا كان وضع أمّ سلطان يزداد سوءاً، وتمضي سعاد وقتها بين المشفى، والبيت ومسؤولية الأطفال، وعملها بالطبخ كي لا تحتاج أحداً. تتّصل مع زوجها وتخبره عن مرض والدته، وتصرّ عليه بأن يأتي من السفر، ويقف إلى جانبها في أيامها الأخيرة. يجيبها أنّه لمّ يمرّ عليه سوى شهر في السفر؛ كما أنّه حتّى الآن لم يجد عملاً، ويطلب منها أن تخبره إذا ساءت حالتها ليتدبّر أمره ويعود إلى البلد ليراها. يقول لها أخيراً:

- أخبريني يا سعاد من سيبقى معها في المشفى، ليرعاها؟

تجيبه سعاد:

- جارتي فرح إلى جانبها ليلاً ونهاراً.

وينهي حديثه مع زوجته وهو يوصيها بوالدته. وأنا أسمع ما يدور بينهما. أيضاً سعاد توصيني بحماتها ثم تذهب لأولادها.

أما أنا فقد تعبت من الجلوس على الكرسي في النهار والليل، فلا يوجد سرير أرتاح فيه، كما أنّي مجبرة على مشاهدة المناظر المؤلمة. وأحياناً المسليّة، مع كل ألم عندما تشاهد امرأتين تلتقيان في هذا المكان كمرافقتين لمريضتين. إحداهما كانت تجلس على حافّة سرير ابنتها المريضة، التي كانت حرارتها مرتفعة جدّاً، والأمّ تبلّل المنشفة بماء بارد، وتضعه على قدميها، وعلى جبينها وتدعو لها بالشفاء، حتى أنها غفت واتّكأت الأم بجانبها؛ أمّا

المرأة الثانية فكانت تجلس قبالتها على كرسيّ، وابنتها المريضة تغطّ بنوم عميق بعد تناولها جرعة من المسكّنات.

كنت أنظر إلى الجميع متألّمة؛ عند منتصف الليل سقطت الأمّ الجالسة على كرسيّ بسبب نعاسها الشديد، وسهرها المتواصل. لم أستطع الوصول إليها قبل سقوطها. ساعدتها على النهوض، وفي هذه الأثناء استيقظت الأمّ النائمة على حافّة السرير.

خرجت من الغرفة، لأجلب ماء لتشرب مريضة أم سلطان. كانت المرأتان قد بدأتا بحديث راق لي، فتابعته.

بدأ حديثهما الطويل، باسترجاع الذكريات، بعد أن فرّقتهما الأيّام كجيران قدامى. تسأل إحداهما الأخرى:

- منذ متى سافر ت إلى خارج البلد يا أمّ عصام؟

- منذ زمن بعيد يوم كانت الناس تعيش ببساطة. يوم كانت تنام في ساحات الدور، أو على سطوح البيوت بسبب الحرّ دون خوف، أو حذر أحدهما من الآخر. أمّا يا أمّ غيث. عند عودتي من السفر فكان كلّ شيء تغيّر في سلوك الناس؛ فحتّى أبوابها لا تفتح إلاّ في المناسبات؛ هل تتذكّرين يا أم غيث عندما كنّا ننام سويّة على سطح بيت المؤونة في داركم؟

- أتذكّر يا أمّ عصام كلّ شيء مضى. سقا الله تلك الأيام. الجار لا يفرّق بيته عن بيت جاره. أتذكّر في تلك الليلة المقمرة باغتنا ضيف مقطوع من السير، وهو ينادي: يا أصحاب البيت! علا صوته. صحا الجميع، ورحنا نعدّ له الطعام في منتصف الليل لعلّه كان جائعاً. وبعد أن تعرّفنا عليه أكمل السهرة معنا على السطح تحت ضوء القمر (بعد لحظات من الصمت ما بينهما.

تابعت تقول): سافرت يا أمّ غيث حين كانت جلسات كلّ اللقاءات حميمة، والناس يتحدّثون مع بعضهم بألفة ومحبّة صادقة. عدت والناس يتحدّثون مع أشخاص افتراضيّين. يا لتلك الأيّام التي غادرت فيها البلد وعشت غريبة في بلد الغربة، وعدت لأعيش غريبة في بلدي بعد أن تقطّعت فيها حبال الوصال بين البشر

أتذكّر تلك الأيام التي إذا صاح المنادي: (وين راحوا النشامى؟!) يهرع جميع أهل البلدة، وقد يكون السبب حريقاً، أو طوفاناً مباغتاً جرّاء مطر غزير خوفاً على أرزاقهم من أغنام وغيرها. يوم سافرت يا أمّ غيث كان كلّ الجوار في وداعنا، ولم نشاهد أحداً منهم يوم عودتنا؛ آه.. كم كان الماضي جميلاً يا أمّ غيث! كان التلميذ يحترم، ويهاب معلّمه، أو معلّمته، وكان كلّ الاحترام والمهابة للوالدين. الآن ليس إلاّ التمرّد عليهما؛ كما كانت الفتاة تعيش بكلّ براءة، والآن لوّثها المجتمع، ولوّث براءتها. يا لتلك الأيام يا أمّ غيث. كان فيها التجوّل دون خوف أكان في الليل أم النهار. اليوم لا تكاد تغيب الشمس، حتى كأنّ الناس في منع التجوّل. سقا لله يا أمّ غيث تلك الأيّام، التي كنّا نتقاسم فيه رغيف الخبز وقبضة الملح. الآن لا أرى شيئاً من هذا، كأنّما انفرط العقد الاجتماعي بين الناس، فانتشر الفساد والخطف والقتل، وكأنّ الأمر لا يعني أحداً بشيء.

- أرأيت يا أمّ عصام هذه الحال التي وصلنا إليها؟ حتى الأمراض التي انتشرت هذه الأيّام لم نكن نسمع بها.

- أعرف يا أمّ غيث. السبب هو الناس الجشعين الذين لا يعنيهم إلاّ المال. آخر همّهم هو الإنسان، الذي أصبح الضحية. كلّ ما هو كيماويّ، ومهرمن دخل غذاءنا اليوميّ. ذلك سبب هذه الأمراض.

وأنا لا أزال أصغي لحديثهما الممتع بالنسبة لي. لم أسمع مثله من قبل، ولم أسمع ما تتحدّثان عنه، بل وعيت على أصوات المدافع والتفجيرات، والدخان الذي يتصاعد من هنا وهناك، ونتناول المواد الكيمائية والهرمونيّة، في غذائنا اليومي، والضحايا لا تحصى

بعد فترة من الصمت، وكلّ منهما وضعت يدها على خدّها، لأسمع تنهيداتهما النابعة من الأعماق. حدّقت أمّ عصام بأمّ غيث وسألتها

- هل غفوتِ؟ (وراحت تجول بنظرها نحو جميع الموجودات في الغرفة كأنّما تتفقّد النائم من المستيقظ كي تكمل حديثها. لم يتجاوب معها أحد بسبب الإرهاق والمرض. عدّلت من جلستها واتّكأت على حافة السرير بجانب ابنتها التي تسهو من شدّة الحرارة التي انتابتها) غفوت قليلاً وصحوت على صوت الممرّضة تناديني: يا فرح جهّزي المريضة لنأخذها إلى غرفة التصوير الشعاعيّ!

مع كلّ الذي يحدث في البلد، والمشافي تقدّم خدمات جليلة للمرضى.. دائماً الشعوب في الحروب تنظر إلى النصف الفارغ من الكأس، وتبلبل، وتعمل من الحبّة قبّة!

..في الصباح يكتمل المشهد عندما كانت إحداهنّ تتعامل مع مريضتها المسنّة، وهي تقدّم لها كوب الحليب، فبعد أن استلمته منها بدا على المرأة أنّها لا تستطيع التوازن. كانت يدها ترتجف فسقط منها كوب الحليب، فاتّسخت ثيابها وسال الحليب على الأرض. صاحت بصوت عالٍ بهذه العجوز وهي تقول لها: ما بكِ؟ عليّ التنظيف من بعدك! وتابعت تهمهم وتشتم حظّها التعيس، وتلعن الساعة التي تعرفّت بها على ابنها. سالت دموع المريضة وألقت رأسها على الوسادة: وهي تقول لكنّتها:

- (كثر الله خيرك يا بنتي. إن شاء الله ما تمرضي بحياتك، ولا تحتاجي أحد). تنظر الكنّة فيما حولها، وهي تنظّف الحليب بظنّها أنّ المرضى لم ينتبهوا لها؛ فوجدت الكلّ ينظرون لها ويهزؤون من كلامها!

حاولت تغطّي وقاحتها، وتقدّم لها كوباً بديلاً من الحليب، وتتكلّم معها بهدوء. لم تقبله منها قائلة لها:

- دعيني أنم!

يدخل الطبيب ويعاين أمّ سلطان، ويخبرني أنّ وضعها مستقرّ، ولا خوف عليها؛ على الرغم من أنّ الخثرة متمركزة في جانبها اليمين، وستستغرق بعض الوقت لتشفى منها، سوف أخرجها من المشفى، وأكتب لها وصفة الدواء، وأنتم تكمّلون لها العلاج فيزيائيّاً في البيت. هذا ما كنت أتمنّاه لأصل البيت، وآخذ وقتاً للراحة والنوم العميق، الذي فقدته طيلة الأيّام، التي قضيتها في ذلك المشفى. أمّا سعاد فرافقت أمّ سلطان إلى بيتها، وأنا مررت على السوبر ماركت لأشتري بعض المواد الغذائية بغية الطبخ. فوجئت بشجار، وأصوات عالية، في ذاك المحلّ، وأحدهم يقول: اطلبوا الشرطة. حضرت دوريّة شرطة فعلاً. تبيّن لها أنّ أحد الزبائن اشترى ربطة خبز، ولا يعلم بوجود كاميرا تصوير صوّرته، وهو يسرق علبة فول. تبيّن للجميع أنّ السارق ليس معه إلاّ ثمن ربطة الخبز. تعاطف الناس معه؛ فمنهم من راح يعطيه النقود، ومنهم من اشترى له المواد الغذائيّة. المسكين غادر المحل، تاركاً كلّ شيء حتّى ربطة الخبز، التي دفع ثمنها، وهو يهمهم: (لو بنك مسروق ما حدثت كلّ هذه الهيصة!).

ما هذه الحال؟ هل هي لغة الهمهمة؟ يكفي أنّ كلّ إنسان يسمع ما تقوله ذاته فقط. خرجت وأنا أكلّم نفسي: ما هذا الوضع الذي وصلنا إليه؟ لا أحد يستمع لأحد، ولا أحد يتقبّل الآخر.

هل الناس تغيّرت، أو الزمن تغيّر؟ عدت إلى تساؤلات تخطر ببالي، ولا أجد لها جواباً أقتنع به، وأنا أفكر بهذا الرجل المسكين، كيف من علبة فول عملوا له قضيّة. متناسين كلّ مشاكل البلد، وما تفعله الحرب به!

الضغوطات اليوميّة تجعلني أتألّم عمّن حولي، وأظلّ في حالة من التوتّر، وكأنّي مسؤول حكوميّ يهتمّ فعلاً بأحوال بلده؛ وأنا لا أحد يسأل عنّي. لا بيت لي، ولا أهل لأستند عليهم. فإذا عملت في بيوت الناس آكل لقمة عيشي، وإذا لم أعمل لا آكل. وجميع الناس تسخر منّي لأنّي لقّاية كلّ يوم في بيت!

ولم أغفُ يوماً قبل أن أعود إلى هواجسي المستبدّة بأفكاري، وهي أن ألتقي بأمّي وأسامحها، وأبرّر لها ما فعلته بي، وما قد اتّضح لي بعد انخراطي بالناس، ومنهم تعلّمت الكثير؛ وبالنهاية أتخرّج من مدرسة الحياة كغيري، وكلّ بحسب استعداده بتكوين ذاته، أو بتأثّره بمن حوله، وكيف يرى الحقيقة بالمثل القائل: (إن لم تكن ذئباً أكلتك الذئاب!) لعلّني أغفو لأستمتع بأحلام تفرحني، وأستيقظ متفائلة بيوم جميل. أنتظر حتى تأتي الخادمة هبة، التي وعدتني بأن تؤمّن لي عملاً في البيت، الذي تعمل فيه، لأنّها مضطرّة أن تترك العمل، وأنا أكون مكانها.

***

9

ذهبت بصحبة الخدّامة هبة، وهي تتكلّم عن بيت نزار وقالت لي:

– أعمل في بيتهم منذ خمس سنوات، ويثقون بي، وكأنّي واحدة، من أفراد الأسرة؛ إنّهم من الناس الأثرياء، ويملكون الكثير، ويدفعون لي أجرة عالية، لا يعطيها أحد لمن تعمل في البيوت.

استغربت أمرها. سألتها:

– لماذا ستتركين العمل في هذا البيت يا هبة؟

أجابت:

– سوف أهاجر مع أختي.

بعد أن عرفتني على بيت نزار أصرّت أن تقضي معي أسبوعاً، في العمل لتعرّفني على كلّ شيء في البيت.كلّ يوم كنّا نلتقي، ثم نتسلّى بالثرثرة عن حياة الفتيات، وتحدّثني عمّا كانت تتعرّض له هبة. وهي تسألني:

– ماذا تفعلين يا فرح بعد انتهاء الدوام؟

- أرتاح في البيت، وأستعرض ما حدث معي لأحفظه في دفتري. (نظرت نحوي، وهي تقهقه وتقول أنا اشطر منك يا فرح بعد ما أنهي عملي، رغبتي هي اللعب بمشاعر الشباب!)

- ماذا تقولين؟! الطبيعي أنّ الشباب يلعبون بمشاعر البنات. كيف تفعلين ذلك؟

- لن أخفي عنك يا فرح، أنا فتاة كباقي الفتيات. لي مشاعر وأحاسيس، وقلب ينبض بالحبّ، ويخفق للجمال؛ لكن لا أحد يتقبّلني مع أنّي لا ينقصني شيء. ألست جميلة؟! اسمعيني يا فرح سأخبرك عن إحدى مغامراتي مع الشباب. هناك شابّ أغراني شكله وأناقته وجماله وعيونه الخضر، وكنت قبل أن أخرج معه، أهتمّ بنفسي جيّداً حتى ظنّ أنّي من طبقة الأثرياء. كنّا نلتقي دائماً في الحدائق، وأحياناً نتمشّى في الأسواق، كنت أكذب عليه بأنّي طالبة في الجامعة، وهو يعدني بالزواج.

لم أصدّقه، ولم أقل له أنّي لا أصدّقه. كنت دائماً أشاهده مع فتيات أخريات، عند انتهاء عملي في خدمة البيوت، ولا ينتبه لي، أو يعيرني اهتمامه، لأنّي أكون بثياب العمل.

أخيراً مللت من ذاك الشابّ. كلّ ما أطلب منه شيئاً، يتملّص بطريقة، أو بأخرى، وبحجج واهية. شعرت من تصرّفاته أنّه يتظاهر بغير مضمونه. لم ينفق عليّ ليرة واحدة. رحت أبحث عن وسيلة أنهي بها علاقتي معه. كان آخر لقاء بيننا عندما تأخّر أكثر من ساعة من الزمن، وأنا أنتظره، وحرارة الشمس حارقة. وصل إلى المكان الذي نلتقي فيه دائماً. راح يبرّر تأخيره بسبب النقل. قلت له بأنّي متعبة، ومرهقة من الوقوف تحت أشعة الشمس الحارقة.

علينا أن نجلس في أيّ مكان. رأى أن نتمشّى في الطريق. لم أستطع أن أمشي، فأنا متعبة وجائعة.

أريد أن أستريح، وها نحن بمقربة من مطعم شعبيّ. اتّجهت نحو المطعم. كان يمشي ورائي وهو يهمهم. دخلت، وجلست خلف طاولة، وطلبت شيئاً آكله، وكالعادة راح يتملّص بحجة أنّه يتكلّم بجوّاله، وخرج من الباب على غفلة منّي!

كان شابّ أنيق ملفت للنظر يجلس وحيداً، خلف طاولة قريبة منّي. يتابع ما يجري بيننا خلسة. انتبهت إلى أنّه يبحث عن وسيلة ليتكلّم معي. فوجئت أنّه تقدّم نحوي يدعوني أن أجلس معه. وافقت بقصد اللعب بمشاعره كما ألعب بمشاعر غيره من الشباب. متنقّلة من شاب إلى آخر. منهم أغنياء أستفيد منهم ماديّاً، ومنهم من يتملّص حتّى من شراء سندويشة فلافل!

– ما هذه الحركات يا هبة؟ أنا لا أحبّ هذه التصرّفات الطائشة. إنّها تبعث المشاكل لصاحبها.

– أنا أعلم يا فرح أنّها عادة سيّئة. الشباب هم الذين يلعبون بمشاعرنا دائماً. هي ردّة فعل، وانتقام من واقع عشته لا أنساه؛ فعندما كان أبي يعنّف أمّي ويعذّبها لأسباب تافهة، الأمر الذي دفعها للنجاة بروحها. هربت منه وبقيت مع إخوتي، وكلّنا صغار نقضي في الشوارع أيّامنا دون طعام، بسبب إهمال والدي لنا، كما أنّنا كنّا نخدم هنا وهناك مقابل وجبة طعام زهيدة. لا أحد اعتنى بنا، ولا تعلّمنا في المدارس.

أنا متأكّدة يا فرح بأنّه سيأتي يوم أصبح ثريّة، وأعيش مستقرّة، ولم يبق إلاّ فترة قصيرة لأودّعك، وأسافر مع أختي.

أقضي وقتي مع هبة في العمل، ولا أشعر بالتعب مع أنّ البيت كبير جدّاً. يأخذنا الحديث الذي يدور بيني وبين هبة، إلى مواضيع متشعّبة. تصرّفاتها لم تكن تعجبني. مع ذلك افتقدتها كثيراً عندما تركتني وحيدة وسافرت.

رحت أقضي وقتي بعمل البيت وحدي، وأتساءل مع ذاتي: لماذا كلّ هذه الضخامة بهذا البيت؟ ثلاثة طوابق، والعمل فيه متعب جدّاً، واثنان فقط يسكنان به! نزار وزوجته هدى فقط؛ وهناك أناس كثيرون ينامون في الشوارع بعد التشرد بسبب الحرب!؟

نزار وزوجته أيضاً افتقدا هبة، التي قضت في بيتهما خمسة أعوام تأكل وتشرب معهما على مائدة واحدة، وهما دائماً يتحدّثان عنها كيف كانت تملأ البيت بالمرح، وتبعث بهما الحيوية والنشاط، وهي تخبرهما عن مغامراتها مع الشباب، واللعب بمشاعرهم.

أمّا غياب هبة فقد شكّل فراغاً كبيراً على الجميع، وأصبح البيت مملاً جدّاً، ولم يكن لديّ وقت للراحة، في هذا البيت. رحت أفكّر بأن أبحث عن بيت آخر لأخرج من وحدتي. يكفي أنّي طول اليوم أعمل، ولا أجد أحداً أستأنس به. قرّرت أن أبحث عن عمل في اليوم التالي صباحاً، وقبل أن أعود إلى بيت نزار.

لم يكن في حسابي أن يبحث الأمن عنّي لسبب لا أعرفه. قُرع باب بيتي. فوجئت بأنّهم يطلبونني بتهمة سرقة.

اقتادوني إلى مخفر شرطة الحيّ. وجرى معي تحقيق أوّليّ، تبيّن من خلال أسئلتهم أنّ زوجة نزار هدى مدّعية عليّ، بأنّي قد سرقت مصاغها.

ما أصعب هذا الموقف أن تقف أمام العدالة بأنّك متّهم بجريمة، وأنت بريء منها! بالنسبة لي لا فرق عندي بأن أعيش في سجن مفتوح، مع الأعمال الشاقّة طول النهار بعد الآن. فهنا سجن مغلق، وعذاب نفسي، في هذا البيت.

بعد أن قاموا بتفتيش البيت الذي أسكنه، ولم يجدوا فيه شيئاً، انهالت عليّ الأسئلة: بنت من أنت؟ وأين يسكن أهلك؟ أجبت أنّ أهلي لم ينجُ منهم أحد بسب الحرب. لم يصدّقوني.

قصدوا البلدة التي كنت أسكنها وبيت أم بسّام بخاصّة؛ فلم يجدوا معالم للحارة ولا لمركز النفوس. كانت كلّها مهدّمة، وأنا في ذمّة التحقيق، كلّ يوم يستدعيني المحقّق، ويلحّ عليّ أن أعترف كيف سرقت مصاغ هدى: «عليك أن تعترفي!» وكان يهدّدني بالتعذيب.

كيف أعترف بشيء لم أفعله! وأفكار كثيرة تخطر ببالي أكثرها بأنّ هبة هي التي لم أرتح لتصرّفاتها، وأنا متأكّدة من أنّها هي السارقة، وتخطّط أن تسافر خارج البلد، ولم يكن التعذيب أصعب من الحياة التي أعيشها! ولا جدوى من استجوابي، الذي كان أكثر من التعذيب لي. فقبل أن أدخل غرفة التعذيب كان يصدر منها صراخ فتاة يقطع نياط القلب.

شاهدت شاباً يحمل السوط، ويضربها بقوّة. بعد أن انتهى من ضربها. خرج بسرعة وهو يقول: بعد قليل سوف أعود إليكنّ. أحسست بأنّي قد سمعت مثل هذا الصوت، وأنّني أعرف هذا الشابّ. لكن بسبب غضبي لم أستطع أن أتذكّره جيداً، أو قد يكون شبيهه.

نظرت الفتاة نحوي. تعرّفت على اسمها سمر، وعرّفتها بأنّ اسمي فرح. لفت نظري جمالها الساحر. قلت لها: حرام أن تُضربي بوردة يا سمر! أيُعقل كلّ ما فعله بك هذا المجرم! أجابتني: استعدّي. دورك بالضرب بعدي، وعندما يأتي هذا الوحش يا فرح!

بلغ بي الخوف أشدّه. رحت أقارب بين مشكلتها، ومشكلتي. سألتها هامسة:

- ما هي جريمتك يا سمر؟!

أجابت:

- كله بسبب هذا النوع من الرجال الذين لا يخافون الله.

بعد أن تمّ استجوابي، مع أنّي بريئة لم أسرق بحياتي، على الرغم، من أنّي مررت بعوز وفقر، وعملت في بيوت لم أختلس منها شيئاً، حتّى أنّي كنت أتحاشى النظر إلى الأشياء الثمينة. في هذه اللحظات دخل شابّ طويل القامة. عريض الكتفين. عابس الوجه. هو غير الشاب، الذي كان يضرب سمر. يسأل من هي فرح؟ فرحتُ وتوقّعت ثبوت براءتي، وجاء يخبرني بأنّه سيفرجون عنّي أجبته: «أنا فرح». حمل السوط وراح يضرب بي ضرباً مبرّحاً لا تتحمّله الجبال.

من حسن طالعنا كان اليوم التالي لمناسبة نجهلها. راحت سمر تحدّثني عن مشكلتها. قالت:

- من صغري أحبّ الدراسة، وكنت من المتفوّقين حتى دخلت الجامعة، ولا أبالي بشيء إلّا بتعليمي، وكان الشباب يتحدّون بعضهم بمن يستطيع أن يتكلّم معي بسبب جدّيتي في التعامل، ولا أحبّذ الخروج، والدخول مع الشباب، ولا التجاوب معهم. لن

أطيل عليك الحديث؛ ففي إحدى المرّات، دعتني صديقتي هيفاء، وهي عزيزة على قلبي، وأثق بها. لبّيت دعوتها. كانت المفاجأة أنّها قدّمت لي هديّة عبارة عن بيجاما للنوم، وأصرّت أن أقيسها قبل أن أخرج من بيتها. دخلت غرفة نومها ولبست البيجاما. بعدها شاهدتني بها، وباركت لي، وودّعتها، وعدت إلى بيتي؛ وهنا كانت المصائب! رنّ هاتفي الجوّال، ولم أردّ عليه، لأنّ من عادتي ألاّ أردّ على رقم لا أعرف صاحبه، وليس محفوظاً في هاتفي؛ الصدمة أنّه بعث لي صوراً لي، على الواتس آب، وأنا في غرفة نومها، وألبس البيجاما. اتّضح لي بأنّ الصديقة العزيزة هيفاء، هي المتواطئة مع هذا الشابّ الذي عرّفني على اسمه رواد لابتزازي. تذكّرته جيّداً لأنّه غبيّ جداً في الدراسة، وكان لا يفارق صديقه إياد، وهو من ذات الطينة، وكانت مشاكلهما كثيرة مع البنات، ثم راح يتقرّب منّي محاولاً إيقاعي بعلاقة معه، ولمّا لم أستجب له راح يهدّدني قائلاً لي: «إن لم تنفّذي ما أطلبه منك، سوف أرسل هذه الصور إلى والدك!!».

وهنا بدأت قصّتي مع هيفاء التي لم تردّ على جوّالي؛ كما تفقدّتها عدّة مرّات في بيتها، ولم أجدها، وأنا أعيش في دوّامة بعد ما أخذ رواد صديق هيفاء ما أراده منّي، وكان به من السوء، والغدر ما لم أتوقّعه. اشترك مع صديقه إياد على إذلالي أكثر، وكان قوّاداً بكلّ معنى الكلمة. حتّى أنّ (إياد) استخدم الأسلوب ذاته بتهديدي. ضعت بينهما، وأصبحت الفتاة العاهرة، بعد أن كنت الفتاة المجتهدة. علم أبي من كلام الناس قصّتي، من تهامسهم عليّ؛ وحتّى يتلافى أبي المشاكل قام بتزويجي دون

مشاورتي، ودون إرادتي زوّجني إلى رجل عمره في الثمانين. وجد أنّ ذلك أفضل من أن يرتكب جريمة، ويقتلني كأسوأ الاحتمالات.

مرّت الأيّام، وكما بركان يشتعل في داخلي، لأنتقم من الذي كان السبب في تحطيمي. أخيرا التقيت بهيفاء، التي كانت غائبة عن الأنظار، فحضرت بعد أن اطمأنت عنّي بأني قد تزوّجت لأنّها كانت السبب بمصيبتي. تمالكت أعصابي، وأقنعتها أنّ الأمور مرّت بسلام، ولا بأس بدعوة صديقيها رواد وإياد إلى بيتها لأعتذر منه، بما أنّي تزوّجت.

وفعلاً حدث اللقاء بيننا في بيت هيفاء. حاولت أن أنسجم معهم في الحديث، ولم أذكر أيّة لمحة ممّا حدث.

لم أذكر إلاّ أيّام الدراسة، وكانا فاشلين دراسيّاً، لم ينفعني هدوئي، ودمي يغلي من معرفتي بهيفاء، التي قامت بدور قذر، لا أعرف ما ثمنه بالنسبة لها، ولم تحترم الخبز والملح، وما بيننا، وكيف كنت أثق بها، وكانت كما أفعى أضعها تحت ثيابي.

كما يدور ببالي كيف تحطّم مستقبلي، ونفسيّتي، ولا شيء منهما يُجبر؛ فما عليّ إلاّ أن أفتح حقيبتي وأخرج منها عبوة الأسيد لأنتقم منهم حتّى ولو كانت نهايتي الإعدام، أفضل من العيش مع هذا العجوز، الذي زوّجني منه أبي بسببهم، مستخدمة كلّ قوّتي لأفرغ عليهم أسيد غضبي، وأراهم أمامي يحترقون. مع أنّي بطبعي هادئة جدّاً، ومسالمة؛ لكن عنفهم معي جعلني أستخدم العنف، مع كلّ تعذيبي في السجن عدت إلى طبعي، وشعرت كما لو أنّني على لوح جليد.

بعد أن تخفّفت ممّا أنا فيه من عذاب، والآن أنتظر تنفيذ

الحكم، ولا فرق عندي بين أن أموت، أو أن أبقى على قيد الحياة؛ أمّا بالنسبة لك يا فرح، فستظهر الحقيقة، وتنكشف براءتك.

- الحقيقة يا سمر. إنّه عذاب حقيقيّ لأيّ إنسان يدخل سجناً، وهو بريء.. فأنا بريئة يا سمر!

في ذاك الحين دخل شرطيّ، وهو ينادي لسمر، ويعلمها بزائر يسأل عنها. كان الزائر زوجها العجوز. جاء ليعرف ما الذي حصل معها. رفضت مقابلته.

- لماذا لم تقبلي مشاهدته؟ ألا يكفي أنّه يسأل عنك، وكم عانى للوصول إلى هنا.. من الممكن أن يساعدك بتوكيل محامي يدافع عنك!؟

- لم أطلب مساعدة من أحد، ولا شيء يعنيني بهذه الحياة تخيّلي يا فرح أنّي خرجت من السجن في يوم ما. فهل يا تُرى سأعيش كبقيّة الناس؟ وكيف ستكون نظرة المجتمع لي بأني خريّجة سجون؟!

- أنا على العكس تماماً يا سمر. أتمنى أن يسأل عنّي أحد!

- أنت بريئة يا فرح. من حقّك أن تدافعي عن نفسك، أو أنّ أحداً من ذويك يدافع عنك (بعد فترة من الصمت) كنت أودّ أن أسألك أين أهلك؟ حتّى الآن لم يأتِ منهم أحد!

- قصّتي معقّدة جدّاً يا سمر. سأخبرك عنها فيما بعد!

يدخل شرطي، فنسكت. يمسك بيد فتاة ويشتمها، ويقول لها: إلى أين ستهربين من القانون خارج البلد!؟ لكمها بقوّة، فضربت بالحائط، وسقطت على الأرض. كانت مفاجأة سارّة لي جدّاً لم أتوقع أنّها هبة الخادمة، التي كانت تعمل معي في بيت نزار!

همست في أذن سمر فرحة: ستثبت براءتي إن شاء الله. هذه هي هبة التي أخبرتك عنها. هي من سرقت المصاغ من بيت نزار، وأنا أنظر إلى هبة بنظرة حقد منها على ما فعلته بي حتّى دخلت السجن بسببها. راحت تشيح النظر عنّي كأنّها لا تعرفني.

لم يمض من الوقت إلاّ القليل حتّى ناداني الشرطي، كي أستقبل زائرين يسألون عني!

لم أتوقّع أن يسأل عني أحد! لا أستطيع أن أصف شعوري بالبهجة عندما رأيت نزار وزوجته هدى. غمرتني هدى، وهي تعتذر منّي وتؤنّب ضميرها كيف وجهت لي تهمة السرقة، وممّا قالته لي: كم أحببت هبة يا فرح، وفقدتها، واشتقت لها، وكنت أثق بها جيداً. كان المقابل أن تمدّ يدها إلى ما أتُمنت عليه، وتسرق مصاغي!

أخيراً، ألقي القبض عليها في أخر لحظة، وهي في المطار تريد مغادرة البلد، وما زال المصاغ في حقيبتها. قريباً سيفرجون عنك بإذن الله. وأنا سأسمح عن هبة، وأسقط حقّي الشخصيّ، ولا أحبّ الأذى لأحد؛ فأنا أعرف هبة جيّداً، فهي منذ خمس سنوات في بيتي لم أفقد منه شيئاً. هي من حقّها أن تحلم بالعيش مثل بقيّة الناس. لقد تورّطت بصحبة شابّ، واتّفقا على السفر خارج البلد معاً؛ وأتوقّع أنّ هذا الشابّ هو الذي حرّضها على السرقة.

قالت لها فرح: هي موجودة هنا والحمد لله أنّ الحقيقة ظهرت، وما كنت أتمنّى لها مثل هذه الفضيحة..

- أنتظرك عندما يُفرج عنك، وأتمنّى أن تعودي إلى بيتي يا فرح..

قلت في سرّي:

- لو أموت جوعاً لن أعود إليك، ولن تري وجهي بعد الآن!

انتبهت إلى أنّ معالم وجهي قد تغيّرت. سألتني:

- هل تحتاجين شيئاً يا فرح؟

- أشكرك يا سيّدة هدى. لم أحتج إلى شيء!

ثم اصطحبها زوجها نزار وخرجا. وعند عودتي إلى مكاني لم أجد سمر ولا هبة. ظننت أنّهما تقضيان حاجة، إلا أنّهما لم تأتيا. علمت فيما بعد أنهما استدعيتا إلى مكان آخر للتحقيق!

وأنا ما زلت موقوفة، وبقيت وحيدة في النظارة أتلفّت حولي خائفة مستندة على الحائط أغفو لحظة، ثم أصحو من الخوف بكوابيس تزعجني وتقلقني. التفتت حولي لم أجد أحداً. لم تغمض عيني، ولم أعلم كم الوقت. توقّعت أنّه منتصف الليل. الهدوء يعمّ المكان، وعيني تراقب الباب. متخوّفة من أن يفتحه أحد. وما توقّعت قد حدث. يدخل شرطيّ، وهو يغنّي، وكأنّه في حفلة زفاف. نظرت له متعجّبة بما يفعله في منتصف الليل. كففت نظري عنه بعد أن عرفته. إنّه ملهم. كيف لم يخبرني أنّه في سلك الشرطة، تذكّرته عندما كان يضرب سمر بالسوط. اقترب منّي، يسألني، وهو يلوّح بالسوط قائلاً: ماذا تفعلين هنا يا فرح؟ أخيراً وقعتِ تحت السيطرة.

جلس بجانبي. وراح يتحسّس بي قائلاً: «أخبرت بأنّك هنا، وجئت لأساعدك»..

- شكرا لك أنا بريئة، وأتوقّع أن يُفرج عنّي غداً.

- من قال لك أنّك بريئة؟ إذا لم أساعدك ستظلّين هنا!

- لم تفرق معي إن بقيت، أو خرجت!

- لا شكّ أنت الآن جائعة. سأحضر الطعام، وبعدها نتكلّم..

أجبته بحدّة:

- أنا لست جائعة، ولا تعد إلى هنا في هذا الوقت.

خرج وهو يدندن بصوته الغليظ في منتصف الليل..

بعد قليل عاد وهو يحمل الطعام. وضعه أمامي قائلاً:

- كنت ألعب بأعصابك؛ فعلاً أنت بريئة، وغداً سيفرجون عنك، وإذا احتجتِ لشيء منّي أقدر عليه؛ فأنا مناوب هنا ثم خرج.

وأنا لم أستطع أن أغفو. حاولت أن آكل لقمة، فعلقت في بلعومي، وشرقت بها. طال الليل، وأنا أنتظر شروق الشمس من جديد، وتحقيق أملي بأن أخرج من هنا.

وألوم ذاتي كيف أتعامل مع ملهم دون اكتراث، وهو قصده أن يخدمني، أو يشفق علي؛ وأنا كيف لم أستطع أن أغيّر وجهة نظري بالجنس الأخر. ربّما كان يستغل ظرفي!

وأنا في كل لحظة أتذكّر أمّي، وظروفها التي كانت سبباً بتدميري؛ لكن ما زلت متماسكة في داخلي، وسأحاول أن أثبت وجودي.

صباحاً، كانت الفرحة لم توصف عندما أُفرج عنّي وأثبتت براءتي. رحت مسرعة إلى البيت الذي أسكن فيه بالأجرة. كان صاحب البيت ينتظرني ليرميني خارج البيت بعد أن علم أنّي دخلت السجن بسبب السرقة، ولم يصدّقني بأنّي بريئة، وأنا أطلب منه أن يتريّث ريثما أجد سكناً بديلاً. لم يلبّ لي طلبي، وبدأ

يحمل العفش البسيط ويرميه خارج البيت؛ ثم ضرب الباب بعنف، وسحب مفتاحه وذهب؛ ولا يحقّ لي أن أدافع عن نفسي بسبب عدم وجود إثبات بالإيجار، ولا بذاتي.

وقفت حائرة أفكّر إلى أين أذهب متمنّية لو بقيت في السجن أفضل ممّا أنا فيه الآن؛ عندما أنهت جارتي سعاد نشر الغسيل، وشاهدت، وسمعت ما يدور بيني وبين صاحب البيت، وكيف ألقى عفش بيتي خارجه أتت إليّ قائلة: ستظلّين عندي يا فرح، إلى أن يفرجها الربّ عليك! (ثم راحت تحمل العفش، وهي تقول لي: احملي ما تبقّى من عفش، والحقي بي إلى بيتي. وضعنا العفش تحت الدرج، ودخلت معها الغرفة. سألتني: أين كنت؟

- جئت أقرع عليك الباب عدة مرّات فلم أجدك!

قبل أن أتكلّم معك بشيء، سأدخل الحمّام لأستحمّ بماء ساخن من الميكروبات الموجودة في النظارة. أعاني من حكّة قويّة، في كلّ مكان من جسمي؛ فتكونين قد أعددتِ المتّة. اشتقت لها من بين يديك. أيضاً يحلو الحديث مع شربها..

خرجتُ من الحمّام منتعشة بعد أن نظّفت جسمي من رائحة السجن، التي لا تطاق، والآن سأخبرك يا سعاد عمّا حدث معي، وكيف اتُهمت بسرقة مصاغ هدى زوجة نزار، وألقوا بي في السجن، كما ألقي القبض على هبة الخادمة، التي كانت تعمل في بيت نزار وأثبتت براءتي.

تبيّن أنّ هبة متّفقة مع شابّ حرّضها على السرقة، ولعب بمشاعرها، بقصد أنّه سيتزوّجها بعد أن تسرق ويسافران، فكانت

العدالة لهما بالمرصاد، وألقي القبض عليهما قبل أن يغادر البلد

أخذنا الحديث الطويل، وأخبار مفرحة بالنسبة لسعاد بأنّ زوجها قد وجد عملاً، بعد مكوثه فترة طويلة دون عمل، وهي تقضي الوقت بتربية الأولاد وتعليمهم، وتوقّفت عن العمل بالطبخ للزبائن. ثمّ أخبرتني سعاد أنّ امرأة من معارفها، هي أم سليم تسأل عنّي، وقالت لها أنّها بحاجة لمن يعمل في بيتها.

أخذني النعاس، وقلت لها: لا أستطيع متابعة السهرة معك يا سعاد؛ في الغد قبل أن أذهب إلى منزل أمّ سليم سأبحث عن بيت أسكنه، وبعدها سأزور أمّ صالح، فأنا مشتاقة لها كثيراً.

- لا أتمنّى أن تكوني قد مللت منّي يا فرح. أتمنّى أن تسكني معي. البيت يتسع لي، ولك؛ فأنت بمثابة أختي..

أستيقظ على صوت سعاد، وهي تطلب منّي أن أنهض من النوم:

- الوقت صار متأخّراً يا فرح! أحسست أنّ الليل مرّ مسرعاً، ولم يكن كبقيّة الأيّام؛ فمنذ تشرّدت من بيتنا. كم من عائلات تشتّتت، وضاعت بسبب الحرب يا سعاد. هذه الليلة هي الوحيدة، التي أنام فيها مطمئنّة دون قلق. كم أتمنّى أن أُوفّق اليوم، بأن أجد سكناً، وعملاً ببيت أرتاح فيه.

***

10

قبل أن أصل بيت أم صالح وقفت دون إرادتي، ونظرت إلى بيت خالتي فادية متأمّلة أن تكون أمّي فضّة قد عادت من السفر، ورحت اصعد الدرج دون تردّد بحجّة؛ أن أسأل فادية إذا كانت بحاجة لمن يعمل في بيتها، بعد أن قرعت الجرس خرجت فادية، وأجابتني بلؤم:

- قلت لك عندما أحتاجك أكلّمك.. لماذا تأتين دون أن أطلبك؟!

(ثم أغلقت الباب بعصبيّة، حتّى كاد أن ينكسر. نزلت عن الدرج، وأنا أهمس مع ذاتي): لعلّها لم تعرفني، وتصرّفت هكذا! كيف لو عرفت من أنا! تابعت الطريق، إلى بيت أمّ صالح متشائمة من ذلك اليوم، مع أني كنت متفائلة في بدايته!

لم أجد أمّ صالح في بيتها، بل أناساً لم أشاهدهم من قبل. أخبرني أحدهم بأنّ أمّ صالح هاجرت مع ابنها وعائلته. خرجت من بيت أمّ صالح متوتّرة لا أرى أمامي. عندما قطعت الطريق كانت سيّارة مسرعة نجوت منها بأعجوبة، وقُدّر لي أن أبقى أتعذّب في هذه الحياة. وقف السائق مرعوباً من أن يكون حدث لي

شيء. كانت الصدمة قويّة، ولم أصحُ من غيبوبتي إلاّ في المشفى، والسائق ينتظر قلقاً، ومتوتّراً ليطمئن عنّي. هنّأني بالسلامة، ثم انتظر الطبيب ليسأله عنّي، وإذا من الممكن أن أخرج من المشفى. بعد لحظات دخل الطبيب، وهو يقول لا خوف عليها، وبالإمكان إخراجها الآن من المشفى. أقلّني سائق السيارة، وراح يسألني بنت من أنت، وأين بيتكم؟ اختصرت الجواب بأن ذكرت له عنواناً ليقلّني إليه.

وصلنا حارة سعاد على أمل أن أنزل هناك. أصرّ أن ينزل معي، ويتعرّف على أهلي، ليعتذر منهم عمّا حدث. ارتبكت من هذا الموقف. ماذا سأخبره كي لا يكتشف أنّي أكذب عليه!؟

قلت له: إنّي لست من هذه البلدة؛ لكنّي أزور صديقتي فيها. وفيما كنت أنزل من السيارة تفقّدت جوّالي فلم أجده. تذكّرت أنّه سقط من يدي حين ضربتني سيّارته، والجوّال تشظّى. ينتبه إلى أنّي فقدت جوّالي، الذي هو من جيل قديم لا يخدم إلاّ في الاتّصال فقط. فتح حقيبته، ولم يقبل إلاّ أن ناولني مبلغاً من النقود. ثم قال هذا رقم هاتفي لعلّك تحتاجين لشيء ما. مررت على البائع الموجود أوّل الحارة، واشتريت دفتراً، وقلماً. (دفتري القديم امتلأ). كي أملأ وقت فراغي، عمّا يشغلني عن ندب حظّي، وما يحصل لي من خيبات أمل، فأدوّن كلّ يوم ما يحدث فيه. أتذكّر الفتاة، التي كان سريرها بجانب سريري، وهي في غيبوبة، وأختها المرافقة تخبرني عمّا أصابها من صدمة بسبب أنّها كانت تحبّ ابن جيرانها، واستمرّ الحبّ بينهما خمس سنوات، وخلال هذه المدّة تمكّن من تأمين كلّ ما يلزم لخطوبتها، ودون أن يعلم

أحد ما بينهما من العائلتين إلاّ في اليوم الذي طلب فيه من أمّه أن تستعد ليطلب يدها من أهلها. انفردت أمّ الشابّ بابنها، وأبلغته بهمس كان بالكاد يسمعه:

- أتريد أن تتزوّج يا بنيّ بنت الجيران، وهي أختك!؟

- ماذا تقولين يا أمّاه كيف؟ أنا منذ خمس سنوات أحبّها وتحبّني، ولا يستطيع أحد أن يفرّقنا عن بعض. أكيد أنت لا ترغبين بها عروساً لي. أنت ترغبين بابنة أختك زوجة لي.

- لا يا بنّي. هذه حياتك، وأنت تتزوّج التي ترغبها، لكن ابنة الجيران هي أختك، ولا يجوز لك أن تتزوّجها!

- هل تمزحين؟

- لا يا بنّي اجلس واسمع ما الذي سأقوله لك: أنت تعلم أنّ ريمة بنت الجيران عندما توفّيت أمّها وعمرها أسبوع فقط، حملها أبوها إلى الطبيب لينصحه ماذا يفعل وما الحليب الذي يصفه لهذه الطفلة. كتب له اسم الحليب، الذي ينفع هذه الطفلة في هذا السنّ، فلم يجد أبوها صنف الحليب، فأحضرتها عمّتها لي وأرضعتها، وبقيت أرضعها فترة طويلة حيث تدبّر أبوها الحليب المطلوب، ومن يومها أصبحت أختك بالرضاعة.

- يا أمّي لم أصدّق ما تقولين؛ فأنا أكبر منها عمراً سبع سنوات. كيف ستكون أختي بالرضاعة؟

- يا ولدي يومها كانت المولودة أختك قبلها بأسبوع. فأرضعتهما معاً.

كانت مفاجأة له. انهارت أعصابه وكانت الصدمة قويّة بسبب المحبّة الصادقة، التي تربطهما خمسة أعوام في محبّة غامرة

بينهما، وجميع أحلامهما تلاشت بسبب ما قالته والدته بأنّها أخته، فقضى فترة من الزمن بوضع صحيّ صعب بسبب امتناعه عن الطعام والشراب.

رأيت أن أهمّ شيء بالنسبة لي أن أهتم بنفسي، فأنا أحتاج لأشياء كثيرة، وقبل كلّ شيء شراء جوّال حديث، أستفيد منه في وقت فراغي، وأحتاج لمرآة كي أرى وجهي، وكيف تنعكس عليه صدمات الحياة، وأنا لا أزال في أوّل شبابي، وأريد أن أرى نفسي بعيون الناس الطيّبين، ولا أكون رماديّة ليتقبّلني هذا المجتمع المراوغ

أذهب إلى بيت أم سليم، التي تسأل عنّي لأعمل لديها؛ وسأسألها عن غرفة للأجرة لعلّها تكون متوافرة لديها.

أبدأ العمل في محطّة جديدة، في بيت أمّ سليم عسى أن تكون إيجابيّة بالنسبة لي:

انتهى دوامي في بيت أمّ سليم، وما انتهيت من غسل فناجين القهوة بعد حفلة التبصير، وتجمع النساء العاطلات عن العمل، ولا شغل لهنّ إلاّ التبصير بالفنجان، والثرثرة الفارغة، والنميمة، وتنقّلهنّ من بيت لآخر، ولا نهاية لدوامهنّ.

بعد أن يخرجن من بيت أمّ سليم تبقى أم سليم تردّد ما تقول لها قارئة الفنجان، وتنتظر زوجها للتحقيق معه، وهي تقارن بين أقواله وأقوال البصّارة، ثم تزيد على أقواله ما أخبرتها البصّارة، عن فتاة الفنجان الجميلة، وعيونها الخضر. ماذا تريد منك؟ يجيبها: ليس هناك فتاة، ولا من يحزنون. لم أرفع رأسي عن طاولة المكتب، وما زلت أعمل حتى خرجت من دوامي. ما قصّتك يا أمّ سليم كلّ يوم تستقبلينني بهذه الأسطوانة بدلاً من أن تهيّئي لي

جوّاً من الراحة؟! من أين تأتين بهذه الأخبار يا بنت الحلال؟ كلّ يوم تستقبلينني بخبريّة تسمّم البدن!

يدخل أبو سليم غرفة النوم، ويضرب الباب بعصبيّة. تركض زوجته خلفه، وهي تشتم وتقول: أنا كلّ يوم بعد أن تذهب إلى الدوام أقلب الفنجان باسمك، وفنجان باسم أمّك. البصّارة أمّ فؤاد لا يكذب تبصيرها أبداً. إنّها تخبرني كلّ شيء عنك، وعن أمّك؟!

يستريح بعض الوقت في غرفة النوم، ثمّ ينهض، وينادي لزوجته. يسألها عن طعام الغداء؟ تحضر الغداء والغضب لا يزال مرتسماً على وجهه. هي أيضاً يبدو عليها أنّ كلاماً كثيراً تريد أن تبوح به. يجلسان، ويشرعان بتناول الطعام.

يفتتح أبو سليم الكلام، ويحدّثها بصوت هادئ قائلاً لها: يا أمّ سليم نحن أكبر من المشاكل التي تخلقينها كلّ يوم، ومن المعيب أن يعلو صوتنا. رأيت كيف تنظر لك فرح الخادمة، وأنت غاضبة، تسخر منك؛ ليتك تفتحين كتاباً، أو مجلّة؛ فتستفيدين معرفة بدلاً من التبصير والكلام الفارغ. كانت تنتظر أيّة كلمة من زوجها لتعود للمناكفة: مع من كنت، وإلى أين ذهبت وووو؟!!

بقي أبو سليم متماسكاً. يجيبها:

– لا فائدة من الكلام معك. ثلاثون عاماً وأنت لم يتغيّر بك شيء. حمل حقيبته، وخرج من البيت!

وأم سليم، اتّجهت إلى الهاتف على الفور، واتّصلت بجارتها قائلة: إنّي أعدّ القهوة وأنتظرك.

لبّت الجارة دعوتها على الفور. أمّ سليم تناديني: تعالي يا فرح، وروحي يا فرح. غدا الوقت متأخّراً.

سألتها:

- هل تسمحين لي بالذهاب يا معلمتي؟

أجابت:

- بعد أن ننتهي من شرب القهوة. تغسلين الفناجين ثم تذهبين.

راحت الجارة قارئة الفنجان تكرّر ما قالته في الصباح، وتزيد عليه بعض الأقاويل التي تخلق المشاكل. أم سليم تؤيّدها وتضيف أنّ زوجها لا يعاملها كما كان يعاملها من قبل. بمعنى أنّها لا تعجبه، وبات يطلب منها أن تقرأ كتاباً بدلاً من تجمّع النساء للتبصير في بيتها. ضحكت البصّارة، وقالت لأمّ سليم بسخرية:

- (شو رأيك يا أمّ سليم تفتحي لأهل الحارة دورة محو أميّة؟!). وأنا أنظر إليهما بسخرية، وأحدّث ذاتي كم بيت دخلته، ولم أشاهد مثل هكذا نساء؛ حتى أنّهنّ لم يكتفين بقراءة الفنجان، فاتّفقن معاً أن يذهبن إلى المنجّمين، ليكتبوا لأزواجهنّ أحجبة يمتنعون بها عن محبّة أيّة امرأة، ولا يحبّ الزوج منهم سوى زوجته.

لم تنته الثرثرة لكن انتهت الزيارة، وأمّ سليم تقول لجارتها: أنتظرك في الغد لنذهب إلى الشيخ!. خرجت من بيت أمّ سليم، وعدلت عن سؤالها عن بيت للسكن، حين لمست تفكيرها الذي قد يؤذيني، مع أنّي انتبهت بأنّ لديها عدداً من الشقق غير مسكونة. تردّدت بأن أسألها، ولم أرغب بمجاورتها. بعدها تفقّدت النقود الذي أعطاني إيّاها. السائق فوجئت أنّها من عملة الدولار، وهذه العملة لم أتعامل بها من قبل.

قصدت محلاً يبيع الأجهزة الخلويّة. اشتريت جهاز جوّال من نوع فخم. من الأشكال التي يقتنيها الأثرياء!.. ثم بعض حاجيات البيت من البقّاليّة، وتابعت طريقي إلى بيت سعاد. استغربت سعاد عندما شاهدتني أحمل هذا الشيء الثمين، وأشارت إلى الجوّال وقالت مندهشة: من أين لك هذا يا فرح؟ أنا لن آكل شيئاً إلاّ عندما أعرف مصدره!؟

– لم أخبرك في الأمس ما الذي حدث معي يا سعاد؟!

– نعم. لم تخبريني بشيء، حتّى ولم تتكلّمي معي، كنت مشغولة بالكتابة.

– سأخبرك ما الذي حدث معي، ومن أين النقود.. والآن ستشربين ألذّ كأس من المتّة من يدي يا سعاد، وتحلو الثرثرة مع المتة لأنّ جلستها قد تطول..

تنظر لي سعاد متمعّنة، وكأنّها تتغزّل بي، وبدت مقتنعة بما قلته لها، وبعد فترة من الصمت قالت:

– كم أنت جميلة وجذّابة وذكيّة. مع أنّ الشغل ليس عيباً؛ فأن تعملي لفايّة، أعتقد أنّ هذا العمل لا يليق بك. لكن الظروف أوصلت كثيرين مثلك يا فرح. آسفة أنّي أتدخّل بحياتك الخاصّة. لماذا لم ترتبطي بأحد بقصد الزواج حتى الآن؟!

رحت أفكّر بم أجيبها للتهرّب من السؤال، لأنّ في داخلي أشياء كثيرة لم أبح بها لها. سألتها بمراوغة، واستفزاز:

– هل أنت مرتاحة في حياتك الزوجية يا سعاد؟!

بدأ التغيّر على ملامح وجهها، والغضب في نظراتها، وهي تمسح وجهها بالمنديل لتخفي ما يبدو عليه، من قهر وعذاب.

بعد لحظة من الصمت انتزعت تنهيدة من أعماق صدرها وقالت

- أنت أعلم بظروفي لماذا تسألينني يا فرح؟ لقد مرّ على زواجنا خمسة عشر عاماً، وزوجي مسافر خارج البلد، والفترة التي قضيناها معاً، لا تزيد عن أشهر، وأنا أتحمّل مسؤوليّة الرجل والمرأة. انظري إلى بقيّة النساء. هناك نساء سعيدات في حياتهنّ الزوجيّة.

- لن أنكر عليك يا سعاد. منذ كنت في السادسة عشر قبل التهجير والعذاب مررت بتجربة حبّ؛ كنت أتمنّى لو تمّت. لكن للأسف، فبعد ثلاثة أعوام من التزامي بهذا الحبّ. راح يتراجع، وكنت صادقة بمحبّتي، وحاولت الكثير كي نبقى معاً؛ لكنّه افتعل مبرّرات كثيرة لنفترق؛ منها أنّي غير قادرة على أن أكمل معه الحياة الزوجيّة، بحجّة أنّي لا أملك القوّة، التي تجعلني ذات إرادة في تدبير المنزل، والأسرة مستقبلاً؛ والآن بسبب عملي، في بيوت الناس، بعضهم ينظر لي بسخرية؛ لكنّي أتمنّى أن يأتي اليوم، الذي أثبت فيه للجميع أنّي - ولو مررت بظروف قاهرة - أظلّ كاللبوة، وأزداد قوّة. الآن سأبحث عن شريك لحياتي على الفيس بوك ما رأيك؟ هل هذه الطريقة ناجحة؟ أنت تعلمين بأنّي أستخدم الفيس لأوّل مرّة!

ابتسمت سعاد قائلة:

- مع أنّ ذلك ليس حلاً؛ كوني حذرة يا فرح الفيس ليس لعبة؛ فأحياناً يلقي صاحبه في متاهة يصعب الخروج منها!

- أعلم يا سعاد. لكنّني أمزح. أتذكّر سمر التي بسبب الفيس بوك دخلت السجن؛ ويجب أن أذهب لزيارتها في يوم غد بعد

أن ينتهي عملي في بيت أمّ سليم، وسآخذ لها معي بعض الثياب. بصراحة. كأنّي الآن أراها أمامي بحالتها المتدهورة، ولا شكّ أنّها بحاجة لمن يقف إلى جانبها. م أسألها عن حالها. كان المشهد يتكلّم عن تدهور وضعها النفسيّ والصحيّ. كنت قد سألتها: من سيزورك هنا، ومن سيدافع عن قضيتك؟

- لا أحد يزورني ولا أحد يدافع عني!

(أحسست من جوابها أنّها متضايقة جدّاً، ولا تريد أن تتكلّم مع أحد).

سلّمت الحاجيات التي أحضرتها لها إلى الحارس، وبدوره سلّمها إيّاها. لم تقف قبالتي لأتحدّث معها - ربّما لأنّها كانت متعبة - اكتفيت بتحيّتها، وغادرت المكان.

في طريقي إلى البيت رحت أسأل عن بيت أسكنه، مع أن سعاد تتمنّى أن أكون دائماً في بيتها، لكنّي أحسست أنّي عبء عليها فوق همومها والأطفال وحماتها مريضة، ولا ينقصها إلاّ أنا لتكتمل مصيبتها! بعد أن سألت صاحب الدكّان؛ ولحسن حظّي يوجد لديه بيت للأجرة، لكنّه في قبو تحت الأرض. تخوّفت من أن أسكنه.

بعد البحث عن غير ذلك القبو، وجدت طلبي، وكان البيت صحيّاً. يدخله الضوء، وأشعّة الشمس، وحولي جيران أستأنس بهم

بعد أن عرف صاحب البيت أنّي أعمل في البيوت راح ينصحني بعمل جديد دائم بواسطته، وعن طريقه، في بيت أحد معارفه.

رحت أجمع عفش البيت لأنقله من بيت سعاد، إلى البيت الذي سأسكن فيه. وقفت سعاد تنظر لي حزينة على فراقي لها.

قلت لها:

- سوف أشتاق لك، وأظلّ على تواصل معك يا سعاد، ولن أنساك أبداً.

سألتني سعاد:

- هل ستظلّين تعملين في بيت أمّ سليم يا فرح؟

- لن أعود إلى بيت أمّ سليم. تدبّرت عملاً آخر. سأفتقدها كثيراً. خاصّة وهي تنقّ على زوجها، وتخلق له المشاكل التي لا تنتهي. لو شاهدتها يا سعاد!؟ كيف كان منظرها لا يوصف حين اتّصل بها ابنها، وأخبرها أن زوجته قد أنجبت بنتاً! كانت تتكلّم معه وكأنها تقدم له التعازي؛ وزاد غضبها لأنّ جارتها البصّارة كانت تخبرها دائماً بأنّها ستنجب صبيّاً. حين علم أبو سليم بذلك ضحك طويلاً بحضور زوجته، فما كان منها إلاّ أن انفجرت بالبكاء معتبرة أنّه شامت بها.

***

11

بدت فرح وكأنّها تتحدّث مع نفسها بسبب الضغوطات النفسيّة التي ألمت بها:

«وأنا هكذا حالي لا استقرار مع الذات ولا في الوجود. يا ترى لمن أحملّ المسؤولية؟ لمن أنجبني ورماني؟ أم للحرب التي قضت على أم بسّام وجميع أسرتها؟! لم أعد أتحمّل هذا الوضع. عليّ أن أبحث عن طريقة أثبت بها وجودي سواء كانت شرعاً، أو مخالفة للقانونّ! سأحاول. مهما كانت النتيجة! أصلاً في هذا الزمن. زمن الحرب، إنّ نصف المجتمع مخالف بأشكال متعدّدة؛ حتّى أنّ بعض المناصب، والمسؤوليّات تعيش بالنصب والاحتيال

ما أطلبه ليس مستحيلاً؛ فقط أن يكون لي بطاقة شخصيّة تثبت وجودي لأعيش كبقيّة الناس؛ وفجأة خطرت ببالي فكرة، ولا مجال لتأجيلها تتعلّق بأمّ بسّام التي تربّيت في بيتها، فحين تحطّم المبنى عليهم، وجدوا جميع الجثامين إلاّ ابنتهم (ريعان). دارت الشكوك حولها بأنّها لم يظهر لها أيّ أثر في ذلك الوقت، وأنّها قد تطايرت أشلاء دقيقة، أو احترقت، أو كانت خارج البيت،

ولم يتكشف كيف كانت نهايتها؛ سأنتحل شخصيّتها، وأخبرهم أنّي ريعان! وأنا أعلم بأنّ هذه البلدة عاد إليها الاستقرار، وكلّ الخدمات، حتى مديريّة النفوس.

سأغامر، وأذهب إلى دائرة النفوس وأقول لهم: أنا ريعان البنت التي تحطّم البيت على رأس أهله جميعاً؛ وإذا تمّ استجوابي أخترع كذبة يصدّقونها؛ فنحن في وضع فوضى يُصدّق فيه كلّ شيء! مع أنّي أكره هذه الصفة بالناس، لكن يضطر المرء أحياناً لأن يصدّق نفسه بما يكذب.

رحت أفكّر بمن يشهد لي في دائرة النفوس بأنّي ريعان؟

وكيف يكون موقفي إذا اكتشفوا بأنّي مزوّرة!؟

عليّ أن أتّصل بملهم، والشاب الذي صدمني بسيارته، وأوضّح لهما أنّ الهوية ضاعت منّي عندما قذفتني السيارة. وأنا اسمي بالهويّة ريعان. رتّبت كلّ ما يمكن أن يسألوني عنه، وكنت حذرة جيّداً لأنّي أعلم كلّ التفاصيل عن ريعان بدقّة.

كانت المفاجأة أنّهم لم يدقّقوا بشيء ممّا ظننت كما كنت متوقّعة أن لا مشاكل لديهم إلاّ مشكلتي؛ لكنّ المشاكل كانت لديهم أكبر بكثير من مشكلتي.

عدت إلى البيت لأستريح. شعرت بأنّي كمن يضع حملاً ثقيلاً بعد تعب حقيقيّ، وسأمضي ليلة هادئة خالية من الضجيج والكوابيس، وأصحو في غد مشرق وعمل جديد. كما أقلقتني أشعّة الشمس المتسلّلة من النافذة تدعوني لأنهض من النوم بسبب الحرارة، التي أشعلتها بي لعدم وجود ستارة للنافذة. تفقّدت ما معي من نقود، لأنّي في هذا اليوم سوف أرفّه عن نفسي، وأذهب إلى أيّ

مطعم لأتناول الغداء فيه. يحقّ لي كما يحقّ لغيري؛ ثمّ سأذهب إلى السوق، وأشتري ستارة للنافذة، وبعض حاجيات البيت

كذلك خطرت ببالي أيضاً أشياء كثيرة لم تخطر من قبل. هي التجوّل في المدينة عاصمة بلدي، التي لم أتجوّل بها من قبل أبداً؛ أنا الآن أشعر بوجودي أكثر من أيّ وقت مضى، بعد أن امتلكت بطاقتي الشخصيّة، التي تحدّد هويّتي، وانتمائي.

ولمّا كان هاجسي متابعة تعليمي رأيت أن أبحث عن معهد أحقّق فيه حلمي الأوّل، والأخير؛ فأنا لم أطّلع حتى الآن إلاّ على منهاج مادة للغة العربية، التي تعلّمتها من أمّ بسام، والتي أذكرها بالخير دائماً.

.. وأحاول أن أمسح الماضي من ذاكرتي التي تسكن فيها من أنجبتني، وفي غسق الدجى رمتني. يحق لي كما يحقّ لغيري، متمنّية أن أصبح محامية ناجحة أدفع الظلم عن المرأة، وما تعانيه من التفرقة بينها وبين الرجل، الذي يحقّ له كلّ شيء؛ أمّا إذا أخطأت المرأة يكون لها الكلّ بالمرصاد.

تذكّرت ابنة أمّ بسّام كيف كانت تأتي (حردانة) إلى أمّها، وتقول لها: «ما عدت قادرة على التحمّل. زوجي يخونني!».

تجيبها أمّها: اصبري فيهتمّ بك أكثر. لا تطلبي الطلاق منه. اصبري من أجل أسرتك. ابتسمي له دائماً. حاولي أن تعدّي له ألذّ الطعام. البطون مفاتيح لعقول بعض الرجال. فلربّما يكون منهم!

في ذات الوقت يأتي بسّام ابنها، ويقول لوالدته:

- زوجتي مريضة لم تعد قادرة على القيام بأعمال المنزل، وبعض رفاقي ينصحونني بأن أطلّقها، وأتزوّج غيرها.

– لا يا ولدي لا تردّ عليهم. عليك أن ترعاها، وتهتمّ بها فالربّ هو الشافي، وأنت لك الثواب.

دائماً تخطر ببالي أمّ بسّام. كم كانت حكيمة في الشدائد، ومتسامحة، وتجد بحكمتها حلاً لكلّ مشكلة؛ كما كانت توصيني وتقول: يا فرح الحياة هي من تعلّمك. هي مدرسة تتعلّمين فيها الكثير.جميع هذه الأفكار تراودني، وأنا أجلس على المقعد في البولمان المغادر إلى العاصمة. كم أنا متشوّقة لها، وإلى حارات دمشق القديمة، ورائحة ياسمينها، التي تجذب العاشقين من أين كانوا، ويلتقون في حدائقها، أو في مطعم بوظة بكداش الشهير. هذا المكان وأنت تجلس فيه تشعر أنّك في قلب العالم، بوجود كثافة الوافدين إليه، ليتناولوا البوظة الشاميّة المميّزة بطعمها، وطريقة صنعها.

لحظات وأرى نفسي في سوق الحميديّة، محاطة بكلّ أشكال الجمال من معروضات على اختلاف أنواعها، مع تصاعد صوت الدقّ للبوظة في أوانيها الخاصة بها.

يمضي الوقت بسرعة، ولم أشعر به وأنا أتجوّل بشوارعها المليئة بالخيرات من كلّ ما تشتهي النفس، وجميعها من الإنتاج المحليّ؛ كما يسمون هذه العاصمة أمّ الفقير، لوجود بعض المطاعم التي تقدّم الطعام بثمن زهيد لمثل هؤلاء، والكرم من صفات أهلها أصلاً.

عدت إلى البيت في وقت متأخّر، وقبل أن أدخل رأيت جاري، الذي لم أتعرّف عليه بعد، ورأيت أن أستفسر منه عن العمل، الذي وُعدت به، وفي بيت من، ومتى أذهب إليه؟

كان الباب مفتوحاً على مصراعيه، وجاري أبو طلعت يجلس على كرسيّ بجانب سرير زوجته المريضة، وهو يقدّم الطعام لها. راح يخبرني كيف يعتني بزوجته، التي تعاني من شلل نصفيّ منذ خمس سنوات، وهو الوحيد الذي يهتمّ بها. الشيء الذي لفت نظري بأنّ الحائط معلّق عليه صور ثلاثة شباب. تأثّرت لموقفه بعد أن سألته أين هم؟ ففتحت عليه جراحه المدفونة في قلبه، وراح يشرح لي مأساته، وبدا أنّه يعجز عن وصفها والدموع تنهمر من عينيه. رحت أواسيه بإخباره عن وضعي المتدهور قائلة له:

- يكفي أنّك تسكن في بيتك. (ثم كانت زوجته تحاول أن تشارك بالحديث؛ لكنّي لم أفهم ما تقوله بسبب تلجلجها بالكلام)

بعدها أخبرني أين موقع البيت الذي يحتاج للفّاية، كي أعمل به، ثم طلب منّي أن أعود بعد أن أنتهي من عملي، لأساعده في رعاية أمّ طلعت، وفي أعمال بيته من تنظيف، وغسيل، وطبخ، مقابل أجرة السكن لديه.

دخلت غرفتي وأنا متوجّسة من هذا الرجل، والسكن وحيدة لديه، ولا من أستأنس به إلاّ هو، وأمّ طلعت. لم أستطع أن أنتزع الوسواس، من رأسي بأنّي لا أثق برجل!

رأيت أن ألتفت إلى التعلّم، والبدء من المرحلة الابتدائية.

كنت أظلّ في العمل حتى الساعة الثالثة بعد الظهر، ثم أعود إلى البيت، فأجد أبا طلعت ينتظرني عند الباب، كي أساعده على شغل البيت. أطلب منه أن يغادر البيت ريثما أنتهي من عمل البيت، لكنّه يصرّ أن يبقى. لاحظت أنّه يرقبني بنظرات تثير الشكوك. أدخل غرفتي كي أرتاح قليلاً، وإلاّ بصوته ينادي: يا فرح

أمّ طلعت بحاجة لكِ. (غريب أمر هذا الرجل. قبل نصف ساعة من الزمن كنت عندها!) سألته: ماذا تريد أمّ طلعت؟

- تريد أن تشرب مغلي الزهورات من يدك!

(كل يوم الاسطوانة ذاتها. مللت من هذا السكن وصاحبه، ورحت أبحث عن بيت آخر أسكنه خفية عنه.

مع الأيام. تمادى أبو طلعت كثيراً، وصار يدقّ باب غرفتي في منتصف الليل وينادي:

- يا فرح تعالي ساعديني على أم طلعت! (غضبت منه ذات مرّة، ولم أردّ عليه حتى يئس منّي وغادر).

أرعبتني تصرّفاته. طار النوم من عيوني تلك الليلة. فتحت الكتاب المدرسيّ، لأقضي ليلتي، لعلّ الكتاب يمتصّ غضبي، وبقيت هكذا حتى الصباح.

صباحاً، نهضت، ونظرت من نافذة الغرفة لأتأكّد من أنّ أحداً من الجيران لم يسمع العجوز، وهو ينادي لي في منتصف الليل. لم يكن إلاّ هذا العجوز يقف ونظره إلى نافذتي. شعرت أنّه يهتمّ بي، أو يعطف عليّ بعد أن أخبرته عن وضعي؛ لكنّ أفكاره الساذجة صارت تقيّد حريّتي في العمل، وفي الراحة. يبدو أنّه يفعل ذلك لأنّه يعاني فقد من يحبّ، والذين هم الأولاد. كذلك يحتاج لمن يستأنس به. جميع هذه الأفكار لا تبرّر له تصرّفاته؛ ربّما يكون معجباً بي. إنّه إنسان، ويحمل مشاعر لا تريحني.

باختصار، لم أجد الراحة في هذا البيت أيّاً كانت نوايا هذا الرجل. بتّ أتهرّب منه كي لا أختلف معه، وأذهب إلى عملي خلسة، ودون أن يشاهدني.

أرى نفسي أمام بيت خالتي فاديه دون إرادتي لعلّني أعلم شيئاً عن أمّي فضّة، مع أنّي حاولت أن أنسى الماضي لكنّه يتبعني كظلّي. هو لا ينساني، ولا يمكن لأحد أن ينسى أمّه أبداً مهما كان سلوكها، بوجود العقل الباطنيّ، والتردّدات غير الإراديّة، التي لا تتوقّف عن التذكير بها؛ حتّى لو كبرت، فإنّ الطفلة التي في داخلي تحنّ إلى حضن أمّي.

أنظر إلى النافذة، وفي قلبي غصّة لا يمكن وصفها. أكمل الطريق إلى العمل، وأنا مقتنعة بأنّي لا يمكن أن يهدأ لي بال، قبل أن أعانق أمّي، وأعرف الأسباب التي دعتها كي لا تعانقني!

كان العمل ذاك النهار، في بيت أمّ سامر، وكان مختلفاً عن بقيّة الأيّام. لقد أسّست أمّ سامر جمعيّة لنساء الحارة، واقترحت عليهنّ بألاّ تكون دون هدف، ويُفضّل أن يتخلّلها قرض لإحداهنّ كلّ اجتماع شهريّ، ودوريّ، ومن يحتاج يأخذ القرض ليسدّ حاجته

في اجتماعهنّ الأوّل تسألهنّ أمّ سامر:

من يحتاج القرض منكنّ؟

كان الجواب أنّ الكلّ بحاجة له. تقول إحداهنّ: أنا بحاجة لعمليّة جراحيّة تكلف الكثير. أريد منكنّ أن يكون دوري هو الأول!؟

تجيبها إحداهنّ: أنا بحاجة للمبلغ، فأنا مريضة بالسرطان، وأحتاج للدواء، وسعره غالٍ.

جميعهنّ كنّ بأمسّ الحاجة للقرض. تحتار أمّ سامر كيف تتصرّف. اقترحت عليهنّ بأن يعملن قرعة. وصاحبة النصيب تأخذ أوّلاً.

كانت أصواتهنّ متداخلة. كلّ واحدة تعبّر عن رأيها، وكنّ يكتبن أسماءهنّ وهنّ يتساءلن: من ستسحب الأوراق؛ ورأين بعد مناقشة هذا الأمر أن تكون من خارج الجمعيّة. قالت لهن أمّ سامر: أنا عندي حلّ سأنادي اللّفاية الخادمة فرح، فلن تكون متحيّزة لأيّ منّا. فرح ستسحب أوّل ورقة من القرعة. نادتني أمّ سامر. رحت مسرعة إليهنّ. كان عددهنّ عشرين امرأة تقريباً. جميعهنّ ينظرن لي، وأنا أمدّ يدي إلى الأوراق لأسحب منها ورقة، ومع لحظات من الصمت، كلّ امرأة منهنّ كانت تتمنّى أن يكون القرض من نصيبها. كان من نصيب أمّ سامر. فالتفتن جميعهنّ نحو أمّ سامر مندهشات. ونظراتهنّ تتّهمني بانحيازي لأمّ سامر. لأنّنا في مجتمع متعوّد دائماً على التزوير. انتبهت أمّ سامر إلى أنّها محور الشكّ، فقالت: سأقدّم هذا المبلغ إلى أمّ خالد مريضة السرطان لأنّ الدواء لا يمكن أن يؤجّل، وعندما يأتي دورها تسدّدني المبلغ.

وبعدها قرّرن جلسة الجمعيّة القادمة في بيت أمّ خالد، ثم نادتني أمّ خالد، وهي تؤكد قائلة: يا فرح أنت تأتين إلى بيتي في الوقت المحدّد باكراً لتساعديني. كم أجرتك في اليوم الواحد؟ أجبتها: من لحظتها قرّرت أن أساعدك ولو دون مقابل.

أنهت الجمعيّة اجتماعها التاريخيّ، وبدأ دوري في التنظيف، والجلي، والترتيب، وأخذ ذلك وقتاً طويلاً استمرّ حتّى أوّل الليل، وخرجت مسرعة إلى بيتي، خفت كثيراً من صوت صدر من حاوية عن بعد. ظننت أنّ قططاً تأكل من بقايا النفايات. وصلت إلى الحاوية، وإلاّ بصبيّ يرفع رأسه من داخلها، ويصرخ بأعلى صوته مستغيثاً يقول أنّ شظايا الزجاج الملقاة عبثاً فيها جرحته، والدم

يسيل من رجليه، ولا يزال دمه ينزف. وقفت حائرة وخائفة. ما الذي أستطيع أن افعله لمساعدة هذا الصبيّ؟ كان منظر الدماء مخيفاً. لم أتبيّن ملامح وجهه. تابعت طريقي، وضميري يؤنّبني؛ كيف أنّي لم أعمل على مساعدته، وتساءلت في سرّي: يا ترى ماذا سيفعل؟ هل هو جائع ونزل إلى الحاوية ليبحث عن بقايا أطعمة يلقيها بعض الناس، وفعلاً أدمته الشظايا؟ أو أنّه مريض عقليّاً؟ أو أنّه يمثل ليسرق بعض الأشياء من المارة؟ جميع الاحتمالات ممكنة بهذا الزمن. ليس هناك أبيض وأسود. الألوان متشابكة. مضيت شاردة بهذه الأفكار.

انتبهت إلى أنّي قد وصلت البيت عندما وقع نباح كلب أبي طلعت بأذنيّ، وقد تركه يسرح ويمرح في أرض الدار، وازداد نباحه عندما كنت أحاول أن أفتح الباب الخارجيّ لأدخل البيت. وقفت حائرة.

صرخت بصوت عالٍ خائفة: يا أبو طلعت! لم يسمع. اتّصلت به على الجوّال، ولا من مجيب، ولم أستطع الدخول بسبب هذا الكلب، الذي لم يألف وجودي. كان بالنسبة لي كذئب مفترس. ازداد خوفي أكثر بسبب أنّ البيت كان منعزلاً في آخر البلدة، ولا يوجد بجانبه أيّ جار. فإلى أين أذهب؟!

خطرت ببالي صديقتي سعاد، كلّمتها بالجوّال لأذهب إليها، وأقضي الليلة في بيتها. كذلك أنا مشتاقة لها. لم تردّ. تجمّدت بجانب الباب من الخارج، والكلب مازال ينبح بجانب الباب من الداخل. لا شكّ أنّه يتمنّى لو يستطيع أن يمسك بي من بين فتحات الحديد المتشابك.

قضيت لحظات من الخوف الشديد أرتجف حتّى صارت أسناني تصطكّ خوفاً، ولم أتمالك أن أردّ على جوّالي. تمالكت أعصابي لأشاهد اسم من يكلّمني. كانت سعاد قد بعثت لي برسالة تقول أنّها التحقت بزوجها، وهي الآن في طريق السفر.

أخاطب نفسي: يا رب أين أذهب في هذا الليل؟ وعيني ترقب باب غرفة أبي طلعت من فتحات الحديد عسى أن يسمع نباح الكلب. الوضع غريب. لم يسمع صوتي، ولا صوت كلبه؟ استغربت أمر هذا العجوز. كنت دائماً أشاهده يقظاً!

غيّر الكلب اتّجاهه، ونظر إلى باب غرفة أبي طلعت.

صار لي أمل كبير بأن أتخطّى المأزق الذي أنا فيه. لا شكّ بأنّه سمع الكلب صوتاً انبعث من داخل الغرفة. وإذ بأبي طلعت أخيراً يستيقظ من نومه. يفتح الباب، وهو ينظر إلى الباب الرئيسي بعد أن تلقّى الخبر من الكلب، الذي كان ينظر قبله نحوي، ونباحه يتصاعد. كانت مفاجأة لي عندما عاد أبو طلعت، ودخل غرفته وأغلق الباب وراءه. لم أستطع أن أتحمّل ما جرى، فانفجرت بالبكاء، وعيني ما زالت ترقب الوضع، والدموع تضعف رؤيتي. يخرج أبو طلعت فجأة، وهو يحمل الحبل، ثم أمسك بالكلب، وربطه من عنقه، وثبّت الرباط إلى وتد مخصّص له، وأتّجه أبو طلعت نحوي يسألني: «من زمان أنت هنا يا فرح؟»<

دخلت مسرعة إلى غرفتي، وصفقت الباب خلفي بغضب، وهو يهمهم ويقول: (ما في مسا الخير!؟ الحقّ عليّ أنّي ربطت الكلب. كان يجب أن أتركه يأكلك!). أفّ ما هذا الرجل، وكأنّه ينتقم منّي، مع أنّي لم أتكلّم معه بشيء يجرحه، أو كأنّه يريد أن يتسلّى بي.

جلست لأستريح، فرحت أتسلّى، وأتصفّح جوّالي. تذكّرت كيف كانت جلسة الجمعيّة، في بيت أمّ سامر، وأنا أتنقّل بينهنّ لألبّي طلبات أم سامر، بالإضافة للتنقّل بين الصالون والمطبخ لأقدّم الضيافة.

سمعتهنّ وهن يهمسن بين بعضهن منتقدات أم سامر بالتفاصيل الصغيرة، وإحداهنّ تقول بأنّ لون الورد غير ملائم لفرش الصالون، والثانية تجيبها انظري إلى البرواز كيف هو مختلف، ومكانه غير مناسب، ثم لفت نظري أنّ بعضهنّ كنّ يتصفّحن الجوّالات، وكلّ منهنّ يكتشف ما يميل له من أخبار الفيسبوك. إحداهنّ تراقب مواقع الموضة، وتعرّف صديقاتها على آخر ما ترى من الموضة. الثانية تراقب سعر صرف الدولار والذهب. كذلك تخبرهنّ عن الأسعار.

والثالثة كانت تشاهد قصص الحبّ، ومن حبّه ناجح، ومن حبّه فاشل. وتخبر من حولها بكلام مهموس.

والرابعة تراقب جرائم القتل والخطف.

والخامسة كانت تراقب تعليقاً كتبه صديق زوجها، وجنّ جنونها عندما شاهدت إحدى صديقاته ترسل له وردة.

والسادسة تراقب من تزوّج ومن طلّق. كانت تظهر شماتتها، أو فرحها حسب الحالة.

والسابعة تقرأ مرسوم التوظيف لأنّها أنهت التحصيل الجامعيّ منذ عشر سنوات، وحتّى الآن تبحث عن عمل.

والثامنة تراقب موضة السيّارات.

والتاسعة كانت تبحث عن آخر جيل للجوّال.

والعاشرة كانت تراقب آخر الأخبار، عن تقدّم الجيش في الشمال، لتطمئن عن ابنها العسكريّ، الذي يؤدّي خدمة العلم.

وعرفت بأنّ هذه المرأة أرملة، من خلال تعليقات صديقاتها، وهنّ يمزحن معها. كان وضعها مختلفاً، إذْ كانت تبحث عن شريك حياتها بواسطة التواصل الاجتماعيّ!

ووووووووو.......................

وجميع هذه الأخبار كانت تُبثّ في هذا الفضاء الأزرق مباشرة. شعرت بعدم وجود خصوصيّة لدى بعضهنّ للعرض والتباهي كما يفعلن على الفيسبوك، فيضعن حتّى ما يأكلن من مائدة مميّزة وفخمة يتباهين بها، دون الاكتراث بأنّ بعض الناس لا يستطيعون تأمين ربطة الخبز لأطفالهم، وبعضهنّ لم تستخدمن وسائل التواصل الاجتماعيّ، بسبب وضعهنّ الماديّ الضعيف، وينتظرن دورهنّ بهذه الجمعيّة، حتى يشترين الدواء، أو يقدّمنه لأولادهنّ كمصروف ليسدّدوا متطلّبات الدراسة، أو لحاجياتهنّ الضروريّة، وكنّ يسمعن الكلام، والغصّات تتراكم في صدورهنّ، وردّة الفعل أنّهنّ يتباهين بتعليم أولادهنّ، وتميّزهم في الدراسة والعلم، وأنا لهذا اليوم أستعرض هذه المعلومات الفيسبوكيّة، التي تتناول العالم كلّه، ومن خلاله يفعل المرء ما يشاء؛ فمنهم من يستخدمه بذكاء، ويستفيد منه، ومنهم دخل بيوتهم ودمّرها..

كلّ هذه الأفكار، وأنا أتصفّح الفيسبوك، ولم أنتبه أنّي أمضيت وقتاً طويلاً إلاّ عندما قرع باب غرفتي. كان أبو طلعت وهو يحمل بعض حاجيات البيت من طعام وشراب وقصده أن يردّ اعتباره. ما هذا الرجل؟ لم يأت إلاّ في وقت متأخّر من الليل! راح يعتذر عمّا

فعله، ويبرّر أنّه لم يقصد أن يرعبني من الكلب، بل التعب أخذه في نوم عميق، ولم يسمع صوتي، وتابع يقول: حتى أني لم أسمع صوت رنين التليفون.

أجبته: إنّي لم أغضب منك، فأنت بمثابة جدّي. تغيّر لون وجهه واتّسعت عيناه، واهتزّ شارباه استنكاراً لما سمعه منّي. راح وهو يردّد: (قال جدّي قال!) لم تعجبه هذه الّلغة، ونسي أنّه في الخامسة والسبعين، وكيفما تعاملت معه لا يعجبه! والغريب أنّه يقضي الليل مستيقظاً يتمشّى في ساحة الدار. أسمع صوته وهو يكلّم الكلب! يقضي أبو طلعت وقتاً من الزمن، وهو على هذه الحال. دائماً أراه متوتّراً، وفي فمه كلام يخاف أن يقوله لي، وأنا أسأل عن بيت أسكنه لأتخلّص من هذا المأزق فلم أجد. كنت ملزمة أن أبقى في بيته، وهو يبحث عن سبب ليقرع باب غرفتي. ليكلّمني، ويسأل: هل تحتاجين شيئاً؟

تشجّع في أحد المرّات، وفاتحني بموضوع لم يخطر ببالي أبداً! يريد أن يطلب يدي قائلاً: أحبّ أن أستر عليك يا فرح. أنت وحيدة لا يوجد لك أهل، ولا بيت. أنا مستعدّ لكي أسجّل كلّ أملاكي باسمك. أمّ طلعت أصبحت في أيّامها الأخيرة. صمت قليلاً ثم قال: من يوم تعرّفت عليك لم أهدأ يوماً لا في النهار، ولا في الليل! وأنا أنظر كيف أعصابه ترتجف، وهو يتلجلج بكلامه. يفتح فمه قليلاً، ولا يكمل ما يريد أن يقوله، وبعد تأتأة طويلة قال: (أنا بحبّك!).

سألت نفسي كيف يتمادى، وأنا بعمر العشرين! لم أجبه خوفاً من أن أجرحه بكلامي، وتخوّفت منه أن يترك الكلب دون رباط.

فقط قلت له: خيراً!

دخل غرفته، وهو يحلم كما يشاء.

صباحاً، وأنا ذاهبة إلى العمل شاهدته من بعيد يعود إلى البيت. نظرت إلى اليمين وإلى الشمال كي لا أمرّ وتكون الطريق مسدودة، وهو يبتسم لي، وفي يده كيس يخرج منه علبة مجوهرات، ويفتحها ثم يقترب منّي. كانت العلبة تحتوي على خاتمي خطوبة. وهو يسألني هل يعجبك؟! تابعت الطريق، وأنا أضحك من هذا الموقف، وكيف أتملّص منه.

لم أكمل طريقي إلى العمل. رحت أدخل بيتاً، وأخرج من بيت، وأنا أبحث عن سكن، حتّى وجدت طلبي. اتّفقت مع مالكيه بشأن الأجرة، دون أن أعرف أيّة تفاصيل عنهم. عدت فوراً مع صاحب سيّارة النقل لتحميل العفش، في وقت لم يخطر ببال أبي طلعت أنّي سأرحل من بيته، وبعلمه أنّي ذهبت إلى العمل، ولحسن الحظّ، فهو لم يخرج من غرفته، إلاّ بعد الانتهاء من تحميل العفش، وتأهبنا للمغادرة. خرج وهو بجلاّبيّته البيضاء، وبدا كمن كان يستحمّ. وضع يده فوق عينيه، وهو ينظر مستغرباً وجود سيّارة محمّلة بعفش أمام بيته. نظر نحو باب الغرفة، وقد وضعت على بابها مغلّفاً يتضمّن أجرة الغرفة. وصلت البيت الذي سأسكنه، وأنا أنظر إلى الوراء خوفاً من هذا الرجل.

***

12

شيء مؤلم أنّ بعض الناس لا يملكون بيوتاً تؤويهم في بلدهم، وهم الذين يعشقون ترابه، ولا يستطيعون مغادرته يوماً، ويقضون أعمارهم بالتنقّل من بيت إلى آخر، وبعض الناس يملكون كلّ شيء حتى حريّتك! والبعض ينقلون أموال البلد، وأثارها إلى الخارج، ولا يكون لك وقت تفكّر فيه إلاّ بلقمة عيشك. تجد نفسك عبداً للغير، وأحياناً تجد من الجيران من يخرج من داخلك كلّ الجمال، وأحياناً تجد منهم من يقضي على جمال روحك.

عسى أن أُوفّق بالجيران في هذه المرّة. لم يكن لي متنفّس إلاّ نافذة غرفتي لأستطلع أين تطلّ، فدهشت بمنظر جميل، في حديقة شاسعة المساحة مليئة بالورود المتنوّعة يتمشّى فيها العاشقون. أشاهدهم، وعيونهم تصبو إلى أجمل وردة فينحني أحدهم، ويلمسها، ويستنشق رائحتها، ولم يكتف، فيقطف وردة منها ثم يقدمّها لحبيبته. أيضاً لا يكتفي. فيتنقل مع حبيبته، أو صديقته، إلى أكثر من مكان في الحديقة، ويقطف باقة من مختلف الألوان، وهو يعرف أنّها بعد قليل ستذبل، وتميل على

الأرض حانية، ثم يصطحب حبيبته إلى ضفّة النهر ويجلسان على عشبها، ثم بعد قليل، وهما يستمتعان برقرقة مياه النهر راحا يلقيان في مياهه ما ذبل في يديهما من الورد. يطفو الورد على سطح الماء حتى يختفي عن ناظريهما، كنت أنظر مندهشة بهما، وأستنكر في داخلي تصرّفهما الطائش بقطف ورود هي للجميع قبل أن تكون لهما، وأعتبرهما يعتديان على حياة كائن مزدهر يجمّل الطبيعة.

أثارني هذا المنظر. وجدت نفسي أدخل الحديقة. أتنقّل بين الورود التي أذبلها من تظاهر أنّه يحب الجمال، وكان يقضي عليه. منهم من استمتع بمنظر هذه الورود، ومنهم من مضى يستنشق رائحتها حتى ذبلت، ولم تعد تحمل صفاتها، ومنهم من يستحسن منظرها فقط.

جلستُ على حافة النهر تحت شجرة، وأنا أنظر إلى غزارة المياه، وهي تحمل معها جميع شوائب الأرض، وتحمل ما تقتلعه في طريقها متدفّقة هوجاء، وصوت خريرها يعلو أكثر، وهي تدفع حتى بالحصى الصغيرة.

كان عاشقان ما يزالان يتنقّلان بسبب شدّة حرارة الشمس، من مكان إلى آخر، وجلسا تحت شجرة كينا معمّرة. كان حديثهما مسموعاً إليّ، وكنت أصغي إليهما. كانا يتذكّران طفولتهما وهما يسبّحان نباتات غضّة في الماء كانا قد قطفاها قبل قليل، والبنت تؤكّد لصديقها أنّ مياه النهر كانت في الماضي صافية لا تحمل الشوائب التي تحملها هذه الأيّام. حينها خطرت ببالي أشياء كثيرة، وأنا أتأمّل بهذا النهر.

كم من أسرار ذهبت مع هذه المياه.

وكم من بريء دُفنت أسراره فيها.

وكم من دماء بريئة جرفتها مياهه.

وكم من أوراق مزوّرة أغرقتها.

وكم من أوراق خريف ذهبت معها إلى الحقول.

وكم من وردة شقائق نعمان تفتّحت في الأرض التي روتها.

وكم من شجرة اكتست أغصانها العارية بأوراق خضراء.

وكم من أشياء كثيرة جرفتها مياه النهار، ودفنت تحت التراب.

يا ترى؛ هل ترى الطفولة كلّ شيء جميلاً وصافياً ومستقرّاً؟ أم الإنسان قد تغيّر؟ هذا السؤال دائماً يحيّرني!. صرت مع الأيّام أتمشّى في الحديقة، وأسئلة كثيرة لم أجد لها جواباً!

يكتمل المنظر حين شاهدت طيور الحمام الأهليّ تحطّ بين العشب باحثة عن قوتها مخمّنة أنّ الزائرين ينثرون لها الحبّ. تتنقّل، وتتلفّت يميناً وشمالاً فلم تجد شيئاً. تقف إحداها وكأنّها تنتظر أحد قريناتها، ثم تطير خارج الحديقة. بعد قليل تعود وتحطّ على الأرض، وهكذا!

بعد قليل من الوقت يدخل فلّاح شابّ الحديقة، وفي يده كيس. كان كيسه كرسالة ليأتيه الحمام. يستقبله الحمام، ويرفّ حوله، وينتظر الشابّ ليفعل ما جاء من أجله. يفتح الشابّ كيسه، وينثر الحبّ، ويبدأ الاحتفال، الذي يتكرّر كلّما عاد هذا الشابّ بعد غياب. يذكّرني هذا بما شاهدت، وأنا أعمل في بيت أبي خالد. كان دائماً ينثر الحبّ للطيور أمام باب بيته، وفي موعد محدّد كان رفّ من العصافير ينتظر قدومه في الموعد ذاته. كانت منها

طيور ترافقه محلّقة فوق الطريق، وتارة تحطّ أمامه، وتارة تطير لتشعره بوجودها، ولا تودّعه حتّى يصل إلى عمله، الذي لا يبعد كثيراً عن بيته.

شاهدت ذات يوم عصفوراً دوريّاً يقف على الشبك الحديديّ، ويقرع الباب بمنقاره بعد غياب أبي خالد عن بيته لعدّة أيّام؛ ولم أعرف أفسّر الأمر: هل يفعل العصفور ذلك طلباً للطعام، أم أنّه يتفقّده شوقاً له!

أسأل نفسي كيف لهذا المخلوق الضعيف الأليف جدّاً أن تكون له لغته، التي لا يعرفها البشر، وكيف بعضهم يلذّ لهم صيده، أو حبسه في قفص. لو شاهدنا كيف الأمّ كانت تطعم ابنها الصغير لم يفعلوا ذلك. أتذكّر حين كنّا نشاهد هذه الطيور في صغرنا، وهي تحلّق في السماء، وتزيّنها بأشكال هندسيّة يعجز الإنسان عن تشكيلها مهما تدرّب عليها. كم كانت هذه اللوحات الفنيّة تبهجنا وتفرحنا، ونحن ننظر إليها ونصيح بأعلى أصواتنا فرحين بتلك المشاهد، التي تشكّلها الطيور عندما كانت تنتقل إلى بلاد دافئة المناخ، وهي تعبر سماء بلادنا أوّل البرد، في أوائل كلّ خريف.

هذه القصص تذكّرني بالمرأة العجوز صديقة أمّ بسام، وهي تتحدّث عن الطيور الأهليّة كالدجاج مثلاً، وقد شاهدت المنظر بعينيها، وراحت تصفه قائلة، «عند زفّة عروس ترى الدجاج يركض خلف الزفّة ليلتقط الأرز، الذي ينثر على موكب العروس، من قبل أصحاب المنازل، التي يمرّ أمامها، ويحدث احتفال الدجاج هذا عند أيّ تجمّع للناس، وخاصة في العزاء، باعتقاد هذا المخلوق الضعيف، الذي يتبع غريزته أنّ كلّ تجمّع يُنثر فيه الأرزّ!».

سبحان الرب. يجعل سرّاً بكلّ مخلوقاته، ويجعل الإنسان يعجز حتّى عن بناء العشّ، الذي تبنيه الطيور!

أبتسم دائماً عندما أتخيّل مثل هذه المعجزة، التي تمنح أنفسنا شيئاً من السلام الداخلي، وأمضي متفائلة بيومي عندما يحطّ أمامي طير. أحاول أن أستحضر أملاً مشرقاً لترسله روحي إلى جسدي، الذي أتعبته الحياة في بيوت مجبرة أن أدخلها من أجل لقمة عيشي، متمنّية أن يمضي الزمن مسرعاً لأكمل تعليمي، وأكفّ عن العمل في بيوت الناس؛ أيضاً ألاّ أكفّ البحث عن أمّي؛ فأنا لا أغفو يوماً قبل أن أعود بذاكرتي إلى الوراء، وأنا أسمع همس الناس بشأني وأرى نظراتهم الساخرة لي، وهم يتحدّثون عنّي قائلين: ولو أنّها جميلة. حرام النظر إليها!

كما أتذكّر كيف كان الصبيان، والبنات في الحارة يلتفّون مع بعضهم للّعب في الحارة، وأنا أتوسّل إليهم لألعب معهم ويكون جوابهم الفجّ بأنّ أمّهاتهم أوصينهم بألاّ يلعبوا معي.

عدّة مرات حاولت أن أمسح هذا الشريط من ذاكرتي لكن للأسف لو أنا مسحته أما الناس فلم تمسحه. سيبقى علامة حتى بعد موتي. همّي الوحيد أن أبقى أعمل في بيت أمّ سامر.

هذه المرأة الحكيمة المتواضعة، التي تهتمّ بتربية أولادها، وتسهر على متابعة دروسهم، وتراقبهم طول الوقت، وتحلّ المشكلات بينها وبين زوجها قبل أن تتطوّر، بهدوء وتروّ واحترام؛ كذلك زوجها يبادلها الاحترام؛ كما أنّها بالنسبة لي تقول دائما: أنت يا فرح واحدة من أفراد الأسرة، ويمكنك أن تتصرّفي كما تشائين في البيت.

يوم الخميس يكون أجمل الأيام عند أمّ سامر، وهي تعدّ ألذّ الطعام والحلوى استعداداً لقضاء أولادها يوم الجمعة عندها بعد مجيئهم من الجامعة لقضاء العطلة. تقضي أمّ سامر معهم أجمل اللحظات، وهم يخبرونها، عن كلّ التفاصيل التي تحدث بينهم وبين زملائهم على مدار الأسبوع؛ كما أنّا ابنتها أيضاً تخبرها عن الشابّ الذي يجلس بجانبها في البولمان، وكيف يحاول الإعجاب بها ليتوصّل إلى التدخّل بخصوصيّاتها، وهي تمدّ له الحبل بابتسامات ماكرة، تتكرّر مع إجاباته على أسئلتها، التي لا تتعدّى عمله، وهواياته، وطوراً تفتح كتاباً، وتقلّب صفحاته، أو تتشاغل بأيّ شيء ريثما تنتهي الرحلة بسلام، وكلّ يذهب في طريقه. تتابع بوحها لأمّها مستودع أسرارها. تضحك. وتفصح لأمّها بأنّ ذلك يحدث معها دائماً، وتعلّق الأمّ بأنّ عليها أن تعامل الجميع بمحبّة مع الحذر، وبالطيب مع الحرص، وأن تنتبه إلى أنّ بعض الشباب تربيتهم قد تكون مشوّهة، فلا تسمح لهم بالتمادي معها حتى لا تقع في الخطأ.

هذا الجوّ الذي أعيش فيه في بيت أمّ سامر منحني الراحة النفسيّة، لأتابع دراستي، وأستفيد منها في الحياة اليوميّة، ومن أولادها بما ينقص عليّ من دراسة، وأنا أنتظر الغد الذي أتقدّم فيه لفحص الشهادة الأساسيّة.

يأتي يوم الامتحان، وأنا مستعدّة له كلّ الاستعداد. حين دخلت قاعة الفحص اندهش الطلّاب. ربّما توقّعوا أن أكون المراقبة عليهم. جلست بجانب أحدهم، وهو ينظر لي باستغراب. يضحك. يرمي سؤالاً عابراً: أما زلت بالصف التاسع؟! أبتسم لسؤاله، ولم

أجب. خرجت من القاعة فرحة، وأنا عندي أمل كبير أن أكون من المتفوّقين في مادّة اليوم الأوّل. وفي طريقي إلى البيت مررت أمام بيت خالتي فاديه. توقّعت أمّي تنتظرني لتراني من النافذة. متوقّعة أن تسألني: كيف كان امتحانك؟ مثل بقيّة الأمّهات اللواتي ينتظرن أولادهم للطمأنينة عنهم. شردت بخيالي، وأنا أنظر إلى النافذة. بسبب شرودي. اصطدمت بشاحنة معبّأة بأسطوانات غاز. صرخ السائق الشابّ بي بصوت عالٍ: انظري أمامك. ما بك تنظرين إلى النوافذ العالية؟ كان الألم قد تسلّل إليّ. وراح الشابّ يسخر منّي بكلمات لم أكن أتمنّى أن أسمعها. كلّ الفتيات ينظرن إلى العالي؟ ماذا في العالي؟ وراح يهمهم مجدّفاً على هذا الجيل، ونسي أنّه منه!

اشتدّ ألم رجلي بسبب جرح أصابني، وألقيت حمل المشي على رجل واحدة. كان يضحك ويطلب منّي أن أركب بين عبوات الغاز. أين ما تريدين أوصّلك. ويتابع السير إلى جانبي، ولا يكفّ عن الطلب لأن أركب معه. وأنا أطلب منه أن يبتعد عن طريقي، ويذهب حيث يشاء.

أجاب: «إيه. أنا أعلم لماذا لا تقبلين الركوب بعربة غاز. ترغبين أن تركبي بتاكسي. من أين آتي بهذه التاكسي، وأنا لم أجد عملاً أحبّه، وشهادتي ما زالت معلقة على جدار البيت. (أقلع وهو يهمهم بكلام لم أسمعه جيّداً. لكني شعرت أنّه مكسور من داخله، ومحبط). تمالكت نفسي حتى وصلت الغرفة، التي أسكنها في دار قديمة لأبي طارق. أتفاجأ بعرس في بيتهم، ولم أستطع الدخول، إذْ كان الرجال يخرجون من الباب الرئيسي، ويتوقّفون

بانتظار خروج العروس ريثما تنتهي، من وداع أهلها وأقاربها، ودموعها تسيل على وجهها مفسدة زينتها، ومكياجها. توقّفت، وأنا أنظر إليهم حتى رافقوا موكب العرس بالحداء، وإطلاق النار في الفضاء ببنادق يحملونها، وكأنهم في ساحة معركة. دخلت الباب وما زال والدها أبو طارق ووالدتها أم طارق يكفكفان الدموع على فراقها، فهي ابنتهم الوحيدة. دخلت غرفتي، وقمت بتنظيف جرحي وتضميده.

كان من حسن حظّي أن ليس لديّ عمل في بيت أحد قبل أن أنتهي من الامتحان. في اليوم الثاني تبدّلت أصوات الفرح بالشجار، والشتائم بين أهل البيت، الذي كان صاخباً بالفرح ليتحوّل إلى جحيم، وأنا أتساءل بيني وبين نفسي عن السبب مستغربة الوضع؛ إذ كيف يتحوّل الفرح بهذه السرعة إلى جحيم لا يطاق. أصواتهم تصدر من هنا وهناك حتى وصلت العروس نحو باب غرفتي، وهي تقرعه بقوّة، وهي تصرخ: افتحي لي الباب أنا دخيلة عليكِ وعلى بيتك! كان والدها ووالدتها يلحقان بها والعصي بيديهما. لم يكن لي حيلة إلاّ أن أقفل الباب بوجهيهما، وأمنعهما من دخول بيتي، وانتهاك حرمته.

بالأمس كانا يبكيان على فراقها ومغادرتها إلى بيت عريسها!

دخلت الفتاة وألقت نفسها على الأرض ترتجف من الخوف والقهر، وراحت في غيبوبة وفقدان وعي. كان منظرها مرعباً. جحظت عيناها، واصفرّ وجهها، وتخشّب جسمها. خشيت أن يصيبها مكروه، وهي في بيتي. كانت زجاجة المطهّر قريبة منّي. بللت قطعة من القطن، ورحت أنشّقها إيّاها لعدّة مرّات حتى

تحرّكت، وانتعشت، وبدأت تصحو من الغيبوبة. انتظرت قليلاً حتى هدأت أعصابها، ثم قدّمت لها الماء لتشرب، وترطّب فمها الجافّ بسبب أسلوب العنف والرعب، الذي يستخدمه والدها ووالدتها. قدّمت لها محارم ورقيّة لتمسح عرقها الذي بلّل جسمها. تكررت أصوات التهديد لهذه الفتاة من قبل والدها ووالدتها، وهما عند الباب من الخارج ينتظرانها لتخرج ويفرغا سمّهما القاتل، لسبب قد لا يستحقّ حتّى غضبهما عليها؛ وأيّاً كانت الأسباب فهي دخيلة في بيتي، ولن اسمح لأحد أن يمسّها، حتّى لو كلّفني ذلك حياتي!

الأب والأمّ ما زالا يهدّدانها:

- (لا بدّ أن تخرجي يا نبيلة. نحن هنا إلى أين ستذهبين؟!)

رحت في مناجاة الربّ ليخفّف ما أنا فيه من ضيق:

يا ربّ. أنا تعطلت عن عملي لأتفرّغ للدراسة. ما هذه الحال؟ ماذا افعل؟!

رأيت أن أقدّم العصير لنبيلة، لعلّها تنتعش، وأفهم منها السبب الذي جعلها في هذا المأزق. أعصاب نبيلة منهارة. لم تتجاوب معي كي تشرب العصير. أحاول معها كي تطمئن:

- لا يستطع أحد أن يلمسك ما دمت في بيتي. أخبريني يا نبيلة عمّا يقلقك كي أساعدك. ما الذي حدث؟ في الأمس كان عرسك. هل أنت مجبرة بالقوّة على الزواج من هذا الشابّ؟

لم تستطع نبيلة أن تجيب. كانت دموعها التي تتساقط بغزارة. تركتها تأخذ قسطاً من الراحة، وفتحت كتابي لأحضّر مادّة الامتحان في يوم الغد، والتي هي مادّة الرياضيّات. أخذني النعاس، وأنا أذاكر في الكتاب، بالإضافة لمعاناتي من ألم رجلي. صحوت على

صوت عالٍ، وعلى نقرات خفيفة على الباب. نهضت مسرعة. كانت الكهرباء مقطوعة، والظلام يسود الأجواء، والسماء تمطر بغزارة، وإيقاع الدلف كما دقّات الساعة. قبل أن أشعل الشمعة.

نظرت من النافذة خوفاً من أنّ أحداً ينتظر نبيلة. كان خير السماء خيراً على نبيلة. كان والدها ووالدتها قد دخلا غرفتهما بسب الأمطار.

أشعلت الشمعة، وعيني تراقب نبيلة، وهي تحاول النهوض عدت، واستلقيت على فراشي. نادتني نبيلة تسألني هامسة:

- هل من أحد خارج الباب؟

- لا يوجد أحد اطمئنّي. خير السماء جعلهما يدخلان غرفتهما

- اجلسي يا فرح أريد أن أخبرك ما حدث معي كي تساعديني، وإلاّ فإنّ أهلي مصرّين على قتلي! أقسم بالله إنّي بريئة من كلّ ما يتّهمونني به. يوم زفافي كان حلمي الذي أنتظره، وفي ثاني يوم خطبتي التحق خطيبي بخدمة العلم، وأنا أنتظره. لكنّه بسب الحرب قضى ثماني سنوات. كنت أتمنّى أن تكون ليلة حلمي تحقّقت، ونحن بمنتهى السعادة. لكن أندم على كلّ ثانية انتظرته فيها لأنّ حلم خطيبي أن يثبت رجولته بكميّة دم العذريّة، الذي يسيل منّي في ليلة الدخلة.

لكن للأسف كان غشاء البكارة مطاطيّاً. هذا ما قاله لنا الطبيب، الذي ذهبنا إليه في اليوم التالي عندما كنت أنا وهو وأهله وأهلي، بعد أن كشف عنّي، وكتب لنا تقريراً يؤكّد عذريّتي، ولم يقتنعوا بكلام الطبيب.

على الفور مزّق زوجي التقرير، وأمّه تقول له بفظاظة بأن أعود إلى بيت أهلي، في اليوم المشؤوم ذاته الذي كنت أنتظره من ثمان سنوات. ماذا أفعل يا فرح ومعظمهم يفكّرون مثل أهلي وأهله؛ فإذا بقيت على قيد الحياة كيف أواجه الناس والأقارب والمجتمع؟!

– وليكن يا نبيلة؛ إنّ الأهل يتصرّفون بنوع من الجهل لا عتب عليهم العتب، على زوجك المتعلم الذي يسير من وراء والدته وما تقوله، ها هو حالنا كل منّا تعيش قهراً بطريقة مختلفة عن الأخرى. علينا أن نتحدّى كلّ العنف، ولا نهتمّ للمجتمع، وما يقوله لأنّنا تربّينا ونحن نهاب كلام الناس، ونحن على صحّ، وهم على خطأ، كيف يا نبيلة لو تتعرّفين على مشكلتي، التي أتحمّلها من صغري، وتحرق بي كالجمر. مع كل هذا، فأنا أكذب على نفسي لأعيش وأتحدّى المجتمع، كما أنّي سأنهض، وأثبت وجودي.

كنّا ما زلنا نتحدّث، وإذْ بأحدهم يقرع الباب. نظرت من النافذة لأتعرّف من الآتي. كان زوج نبيلة ووالدتها. استغربت ثم أخبرت نبيلة بأنّه قد يكون راجع نفسه، وندم على ما حصل وأتى ليعتذر.

يبدو على وجهيهما التسامح. لم يكن أمامي غير أن أفتح لهما الباب. راحت نبيلة معهم إلى بيت أهلها، وفرجت عليّ أن أكمل ما تبقى من دراسة لأذهب إلى الفحص في يوم الغد، وأتذكّر أنّ أمّ خالد تنتظرني، في آخر يوم من الامتحان للعمل في بيتها.

لم أستغرب أنّ نبيلة بعد أن أخذتها والدتها إلى أكثر من طبيب، وجميعهم أثبتوا لها بأن ابنتها محافظة على عذريّتها، وبعض الفتيات - ونادراً ما يحدث هذا - يخلقن بغشاء بطانة سميك. لقد حصلت على عدّة تقارير من عدّة أطباء تثبت براءتها، وتشهرها بقوّة في وجه كلّ من يحاول الإساءة لسمعتها. كما أنّ نبيلة رفضت العودة إلى بيت زوجها، الذي سبب لها خيبة أمل لا تُنسى، وأكملت تخبرني مع كل هذا هي في حيرة وتخجل أن تخرج من البيت خوفاً من كلام الناس؛ فكلّ منهم يفكّر بطريقة مختلفة، وأحياناً يتدخّلون بخصوصيّات الآخرين، وتكون مضطرّة لأن تكرّر شرح الأسباب المحرجة دائماً.

كانت تدخل بيتي في زيارات قصيرة حين تشعر بضيق، لتفضفض عمّا تعاني منه، وتبوح لي عن أسرارها. حتى أنّ والدتها ووالدها تقبّلاً أمرها، لكنّها دائماً تشعر بنظراتهما المشكّكة، وتصدّق نفسها أنّها قد فعلت شيئاً غلط! وما زال زوجها يتردّد على أهلها، لإقناعها بأن تعود إلى بيته بعد أن اقتنع من والدتها، ومن التقارير التي أثبتت نزاهتها.

بعد أن ترجّاها كثيراً لتعود، وعدته أنّها ستعود في اليوم التالي، إلى البيت الذي كان حلمها. لكن الحيرة كانت تراودها في كل حين!

وأنا أنتظر حلمي، فعسى أن يتحقّق وأجد أمّي لأنّ حضنها هو الأكثر دفئاً، ولا يمكن لأحد أن يستوعب ما أنت فيه إلاّ الأمّ؛ فهناك من النساء من حالتهنّ كحالتها، ولو تغيّرت التفاصيل. لي جارة لها

سبعة أطفال، وهي في شجار دائم مع زوجها، وعنف تعيشه كلّ يوم مع هذا الرجل المستبدّ، الذي يعاملها كجارية.

أستغرب وضعهما. ففي إحدى المرّات دفعني الفضول لأن أسألها: لماذا تنجبين كلّ هؤلاء الأطفال ما دمتما تعيشان بهذه الحال؟ ولماذا ما زلت تعيشين معه؟

أجابت: أحياناً. تفرض الظروف علينا أن نعيش في ذلّ ونتحمّل العنف لسبب ما؛ فأنا غير مستقلة ماديّاً، والأطفال يقطعون الظهر. أأتركهم للأزقّة؟ ولا أمّ لي أعود إلى دفء حضنها. أمّا الردّ على سؤالك: كيف أنجبت هذا العدد من الأطفال؟ معك حقّ يا فرح. ماذا أقول لك، ما دمتِ شاهد عيان؟ فما يحدث بيني وبين زوجي – على الرغم من زواجنا الشرعيّ – أشعر كأنّني أُغتصب اغتصاباً، لأن لا حيلة لي في الخلاص؛ فالأولاد رسالة للأمّ، ولا يجوز التخلّي عنهم.

أتنهّد بعمق وأعود إلى الوراء، إذْ لا يمكن أن أنسى الألم الذي في داخلي، وحنيني إلى حضن أمّي؛ هذا الهاجس شغلني عن أفكار كثيرة حتى عن الاهتمام بنفسي؛ ففي أخر لحظة تذكّرت موعد جمعيّة النساء في بيت أمّ خالد، وقد وعدتها أن أساعدها.

***

13

كم كانت أمّ خالد جميلة الروح، مع كلّ ما تعانيه من مرضها الذي تحاول أن تتناساه، في الوقت الذي هو فيه متمكّن منها. رغم ذلك تستقبل ضيفاتها بكلّ ودّ ومحبّة، وترحّب بهنّ معبّرة لهنّ عن شوقها لمجالستهنّ. وتعرب لهنّ قائلة: إنّ هذا اللقاء هو المتنفّس الوحيد لنا بأن نلتقي، ونفضفض ما في داخلنا من الضغوط، التي نتحمّلها منذ تسع سنين، وكلّ واحدة منّا تبحث عمّا يملأ وقتها بشيء مفيد كي لا تزداد ألماً.

مثلما كان يجمعهنّ الحزن كذلك يجمعهنّ الفرح. ذات الصوت الجميل في هذه الجلسة راحت تقلّد المطربة سميرة توفيق، وهي تغني (يا هلا بالضيف ضيف الله) ففي منزل المضيفة أمّ خالد آلات موسيقيّة من آلة عود، ودربكّة يعزف عليهما أولادها. أحضرتهما، وكان بين ضيفاتها من يعزف فعلاً، ومن يغنّي بصوت حسن، أو يردّد ككورس. أصواتهنّ تعلو في الحارة من حناجر مدفونة منذ زمن، وقد غاب عنها الفرح طويلاً، حتّى أنّ بعضهنّ كاد أن ينسى البسمة. انفجرت مواهبهنّ وخيم

الفرح عليهن، فبدأ الرقص والدبكة والمزاح والضحك، الذي افتقدنه في فترة الحرب التي أدخلت الحزن إلى جميع البيوت وأنا أنظر لهنّ بعيون حزينة؛ ثم شردت بأفكاري بصفتي لفّاية لا يجوز أن أشاركهنّ الفرح، ولا أُدعى لأشاركهنّ فرحتهنّ، مع أنّي متشوّقة لهذا الجوّ المرح، الذي افتقدته. فأنا لأوّل مرّة في حياتي أشاهده. كلّ حياتي قضيتها بين قرقعة الصحون.

هذه اللغة تصنع الضجيج في داخلي، وعدم استقرار الذات، التي هي بحاجة للموسيقى. فمنها تتغذّى الروح لأنّنا جميعنا بشر، ونحمل نفس المشاعر حتى لو تباينت القدرات الماديّة، والمعنويّة، أو اختلفت المراكز والمناصب، مع أنّ بعضهم استبدل الموسيقى بصوت الرصاص، واستبدل الوردة بسيف، واستبدل التراحم بقتل الآخر؛ والفرق بينهما بعيد كلّ البعد.

أتمنّى أن أعيش لحظات الفرح بداخلي عندما أحقّق هدفي في الحياة؛ فالحياة مع كلّ ما فيها من أمنيات جميلة، فهي كلعبة الشطرنج. الكبير يأكل الصغير، مع أنّ الجميع يولدون صفحة بيضاء، وهنا تبدأ الخربشة عليها بدءاً من القابلة والمهنّئين، وانتهاء بالأمّ والأب والمدرسة والشارع ورجل الدين ورجل السلطة، إلى ما هنالك. يكبرون، وفي هذه المراحل يبدأ التطبّع في أيّ مجال كان: دائرة أو منظّمة، أو. أو.. حتّى في المهجر يستقطبون العقول العربيّة لخدمة بلادهم، وليس وقت للفرد منّا أن يفكّر أو يعيش بحريّته، ويقرّر مصيره بنفسه هو ليس مخيّر بشيء؛ فهو يعمل كعبد أينما كان، ويقضي عمره وهو يركض وراء لقمة عيشه، ومن هنا يبدأ العنف والطرق غير المشروعة، والمشاكل بين الناس،

والدافع هو الجوع، الذي جعل الإنسان شرّيراً بطبعه. كلّ ذلك كان مخزوناً في ذاكرتي ممّا أعانيه، من ظروف قاهرة. أمّي أنجبتني مجبرة، ورمتني مجبرة، وأنا مكرهة لأن أعيش خادمة في البيوت.

ما صحوت من شرودي إلاّ عندما سمعت صوت أمّ خالد تناديني: يا فرح أين القهوة؟ تذكّرت أنّي قد وضعت ركوة القهوة على نار هادئة ريثما تنتهي حفلة الموسيقى، لأقدّمها للحضور.

ولم تكتمل الجلسة بالفرح، هناك تداخلت الأفكار عندما قالت إحداهنّ: (انتهت الجلسة وما شفنا النرجيلة. عندما يأتي دوري بالجمعيّة ستكون النرجيلة أهمّ من كلّ شيء). منهنّ من أيدّ هذه الفكرة، ومنهنّ من احتجّ بسبب ضررها، وتأثيرها السلبيّ على الحضور. وإحداهنّ قالت: إن دخنّاها أو ما دخنّا ستنعكس سلباً علينا لأن رجالنا يستخدمونها دائماً، ونحن نكتفي بالنرجيلة. والأخرى قالت علينا أن نحارب هذه الظاهرة، من أجل الحفاظ على سلامتنا، وسلامة أطفالنا؛ فالطفل يقلّد أباه، والطفلة تقلّد أمها، فإذا لم نكن قدوة صالحة لهذه الأجيال سندمّرها. كلّ ما كنّ يبحن به، ويقلنه كنت أسمعه، وأنا منهمكة بضيافتهنّ.

وفي نهاية جلسة الجمعيّة همست أمّ خالد في أذني وسألتني: (هل توافقي على أن تحتضني طفلة عمرها أيّام؟ هي ابنة ماهر جارنا لقد توفّيت والدتها بعد ولادتها بيومين، وهي أوّل مولود لأهلها كما أن أباها لم يستطع بحكم عمله أن يرعاها، كما أنّه ليس له أقرباء في هذه البلدة، فهو مهجّر من المناطق المنكوبة في الحرب. كما قال لي بأنّه سيقدّم مرتّباً مغرياً. لمن تقبل بذلك. هل توافقين يا فرح؟).

- أفكّر ثم أجيبك فيما بعد يا أمّ خالد!

هذا الموضوع راح يشغلني، فهو عمل إنسانيّ بالدرجة الأولى. وأن أهتمّ بطفلة لم تتعرّف على والدتها، وأحضنها وأعطيها ما فقدته من حنان ومحبّة؛ كذلك اكتفي بتربيتها دون أن أعمل في بيت أحد؛ وبالوقت ذاته ستوقظ تربيتها الكثير ممّا أعانيه.

كنت حائرة، ومتردّدة في البداية، وأخذ هذا الموضوع من وقتي الكثير من التفكير. أخيراً قرّرت، وأخبرت أمّ خالد بأنّي موافقة

منذ تلك اللحظة بدأ انتظاري لهذه الطفلة، وأنا أتخيّل ما هي ردّة الفعل عندما أحضنها لأوّل مرّة؛ فهل من خوف يتملّكني يا ترى؟ سأغمرها بكلّ محبّة افتقدتها من أمّي، وأنا صغيرة. سأترحّم دائماً على أمّ بسّام، التي ربّتني، وغمرتني بحبّها وحنانها، واعتنت بي دون مقابل متأكدّة من أنّه ما زال يوجد مثل أمّ بسّام، مع كل الظروف، التي كان لها تأثير على بعض الناس، الذين سحبهم التيّار نحو المادّة، ناسين كلّ القيم والأخلاق التي تربّوا عليها.

أتصفّح الفيسبوك، وأراقب موعد قدوم أمّ خالد وماهر، وهو يحمل لي الطفلة. كان شعوري كشعور أيّة امرأة في مخاضها الأوّل، وهي تنتظر صرخة طفلة كانت في أحشائها. لا أحد يقدر أن ينتزع دور الأمّ، ولا يستطيع أن يمنح هذه الكلمة لأحد. من خلال علاقتي مع أم بسّام، وأنا على مدى عشرين عاماً أناديها أمّي على مضض. مع أنّها هي تستحق أكثر من ذلك.

أعجز عن وصف المشهد عندما شاهدت أمّ خالد وماهر وهو يحمل الطفلة ابنته. يبدو على وجهه الشحوب، والحزن يتملّكه على فراق زوجته، وهي في عزّ ربيعها. كان يتلعثم بالكلام بسبب

جفاف فمه، والدموع تسيل من عينيه دون إرادة. خرج ماهر والد الطفلة، وهو ينظر إلى الخلف، ويوصيني بها قائلاً: «الطفلة سيلفا ملاك صغير. لن أوصيك بها مرةً ثانيةً. هي وديعة في حضنك، وأنا كلّ يوم سأتكلّم معك على الجوّال لأطمئن عنها، وفي وقت عطلتي سآتي، وأصطحبها معي إلى البيت لأقضي معها أيّام عطلتي، وكانت أمّ خالد التي عرّفتني عليه دليلي لمعرفة كلّ حاجيات الطفلة من دواء وحليب ووو» .

لم تلبث سيلفا أن استغرقت بالنوم، وكم كنت متلهّفة لتستيقظ وأحضنها. إذ لا بدّ أن تستيقظ من نومها بعد حين!

***

تركتُ كلّ عمل البيت، وجلست بجانب الطفلة سيلفا، وأنا أنظر إليها، وقد غفت. كان نومها غزلانيّاً. عيناها مفتوحتان قليلاً. لا أستطيع أن أصف جمال عينيها الربّانيّ، الذي جعل رموشها بنصف إطباقة، كأنّما ميل الكحل خرج للتوّ من عينيها.

غفوت بجانبها وأنا أتأمّلها، وكم سأكون سعيدة لو أستطيع أن أرضعها من صدري حليب الأمّ، الذي فقدته كما أنا افتقدته في صغري؛ لكن ما زلت آمل أن أجد أمّي، ولم استغرق بنومي خوفاً من أن تصحو سيلفا.

راحت سيلفا تتثاءب، ثم راحت تحرّك رأسها يميناً وشمالاً، وتفتح فمها بحثاً عن ثدي أمّها. أرضعتها من زجاجة الحليب، وأنا أتملّى بها وأناغيها: أتعلمين ما الفرق بيني وبينك يا سيلفا؟ عندما تكبرين ستعلمين أنّك يتيمة الأمّ وهذا حكم من الربّ. أمّا أبوك لم يتخلَّ عنكِ، ويقدّم لك ما ترغبين لتعيشي برفاهية؛ لكن أنا ما

زالت أمّي تعيش ولم أرها، ولهذا السبب أموت كلّ يوم عدّة مرّات من كلام الناس، ولا أعلم من هو أبي.

دائماً كنت أناغيها، وكأنّها تعي ما أقوله. كم كنت أشكو لها همومي، وكأنّها كاهنة تخفّف عنّي ما أختزنه من ألم.

كانت المشكلة الوحيدة مع سيلفا أنّها تصرخ، ويجنّ جنونها كلّما انقطعت الكهرباء خوفاً من الظلام. أحملها وأكلّمها ويزداد صراخها وترتجف خوفاً. أشعل لها الشمعة فتهدأ قليلاً، وتنظر إليّ كأنّما تعاتبني، وكأنّي أنا التي فعلت ذلك. لا أعرف كيف أوصل الفكرة لسيلفا بأنّه تقنين الكهرباء، وعليها أن تتأقلم معه؛ ثم أتابع معها الكلام: ألا تعلمين أين أنت؟ أكيد لو تعرفين لما قبلت بهذه الحياة. أنت في عالم قد تغيّر كثيراً. فُقدت فيه الرحمة. أصبح بعضهم كالوحوش البريّة. القويّ يأكل الضعيف، وغاب فيه الصدق والمنطق. كلّ شيء غدا خارجاً عن الأخلاق. أتمنّى يا سيلفا أن أشاهدك عندما تكبرين، وأتمنّى أن تصبحي قويّة كلبوة!

رغبت أن أحمل سيلفا، وأدخل بيت الجيران، فمن وقت طويل لم أزرهم. أحببت أن أراهم وأطمئنّ عنهم. عدت إلى البيت نادمة على هذه الزيارة. بمجرّد دخولي بيتهم كانت نظراتهم في موضع الشكّ بي، وبدأت الأسئلة عمّن تكون هذه الطفلة؟ ومنذ متى!!؟ وأنا أشرح لهم مشكلة الطفلة. وهم ينظرون نحو بعضهم نظرات شامتة بي، ويتهامسون عليّ. ولم يصدّقوا ما أقوله لهم، ثم تقول إحدى النسوة: منذ فترة أسمع صوتها تبكي، وأنا مستغربة من أين هذا الصوت؟ مع علمي أنّك تعيشين وحيدة يا فرح. يقول المثل:(البنت بتطلع لأمّها) أهمس مع ذاتي: «يا ترى من أوصل لها

أخبار أمّي، وأنا ما زلت أكتم سرّها؟! وكانت تتكلّم هازئة بسخرية لا تُحتمل، وبكل وقاحة!

ما أجمل أن تقضي حياتك مع براءة الطفل، وتكون مثله بكلّ صفاته. ولا تختلط مع أناس يحطّمونك من داخلك.

أقضي وقتي مع سيلفا دون تأفّف أو ملل. أتأمّلها كيف تنمو بسرعة كزهرة. يزداد حبّي لها. أخرج بها إلى الحديقة، ونجلس، أو نتمشّى في الهواء الطلق. تارة تحاول الجري بين الورود، وتارة تجلس على الأرض، وتنكش التراب بأصابعها الصغيرة، أو تقطف العشب، أو تحاول اقتلاعه. أرقبها جيّداً كي لا تضع شيئاً في فمها. تتنقّل كالفراشة فرحة بين الورود. لا أميّز بينها وبينهم. عندما ترى طيراً يهدأ بالقرب منّا تركض، وتحاول القبض عليه. تنظر إليه محاولة أن تقفز خلفه حين يطير، وهي لم تُجد الجري. تسقط على الأرض. أعيش فرحها لحظة لحظة. أضمّها إلى صدري وأقبّلها، وشعوري نحوها كأنّها جزء منّي.

أعود بها إلى البيت بعد أن تكون قد أُرهقت، وباتت على وشك أن تنام. أحمّمها، وأنا أناغيها، وأغنّي لها. أعدها قبل أن تغفو أن أرافقها في المرّة القادمة إلى الحديقة، لتشاهد الأطفال في الأراجيح، وتركب الأرجوحة مثلهم. أقول لها: هناك ستلعبين معهم، وتكون قد غطّت في نوم عميق. أحضّر لها مستلزماتها التي ستأخذها معها إلى بيت أبيها؛ فيوم عطلته اقترب موعده، ولا شكّ أنّه سيأتي ليصطحبها معه إلى البيت.

.. في غيابها يفرغ البيت من كلّ الجمال الذي كانت تضفيه عليّ. أشعر أنّي قد فقدت شيئاً أبحث عنه طول الوقت. حتّى أنّي صرت

أفقد التركيز من شوقي لها. تعوّدت على وجودها، الذي يعطيني الأمان؛ ومن الآن أفكّر كيف سأستطيع أن أتخلّى عنها. كان الاتّفاق بيني وبين أبيها أن يأخذها عندما يصبح عمرها ثلاث سنوات. لا أستطيع أن أتخيّل هذا الموقف. يا ألله كيف سأتخلّى عنها!؟

أتملّى والدها عندما يأتي ليصطحبها معه. كان يتحسّن صحياً ونفسياً. كان يتناسى الظروف التي مرّت به بموت زوجته. دائماً يكون متفائلاً. كان يقول:

«الحياة لم تقف عند أحد. سأكملها متفائلاً لأفرّح سيلفا وأعوّض لها حنان والدتها».

يضمّ سيلفا إلى حضنه وهي تميل لي، وأحياناً لم ترغب بالذهاب معه إلاّ بعد جدال. يحمل سيلفا ويخرج. في تلك اللحظات الجارحة تمدّ يدها، وتستغيث بي لكي تبقى عندي؛ تغيّرت نظرات والدها. صرت أشعر بأشياء كثيرة في داخله. أفلتت منه عفواً عبارة:

«فرح ستأتي معنا!».

عندها ارتبك وهو ينظر لي محاولاً تبرير ما قال بأنّه يضحك على سيلفا، وأنّها زلّة لسان لا أكثر!

أثارني ما قاله فعلاً. لأتأكّد أنّ ما قاله ليس زلّة لسان، وليس تحايلاً على سيلفا لتهدئتها. تملّكني شعور لم أكن أمتلكه من قبل، وكأنّ ماء دافئاً ينساب على جسدي. أردّد بداخلي ما قاله: هل هو كلام عفويّ، أم هو يفكّر جادّاً بذلك؟! متناسية نفسي بأنّي خادمة، وفي الأمس حصلت على شهادة التعليم الأساسيّ. لا يمكن أن يفكّر بي كونه بدرجة عالية من العلم.

راح خيالي بعيداً عن الواقع الذي أعيشه. كنت محلّقة في فضاء آخر. على الأقل يحقّ لي بأن أحلم بما يسعدني لو تحقّق. ما أحلم به. مع أنّي غير مقتنعة بأن ألتزم بأحد، لكن ثمّة مشاعر تدفعني لأكون غير مسؤولة عنها، بسبب حيرتي، وتردّدي، وعجزي عن التركيز.

تعود ذاكرتي بجرد قصّة حياتي، ولا تغيب أمّي، التي أتمنّى لو أسمع صوتها لأنّها لا تغيب عن خيالي. فأنا أحلم بها دائماً، ودائماً هي توقظني من أحلامي، وتذكّرني بأن أنتبه لدراستي، وتؤكّد مراراً أن أنتبه لنفسي جيداً.. ومع قرع الباب كانت أمّ طارق جارتي، التي أسكن في بيتها قد جاءت تزورني، فهي منذ فترة لم تشاهدني، لتعرف أخباري. كانت زيارتها مقصودة أيضاً لتتعرّف على الشاب، الذي يأتي ويأخذ طفلة ويعود بها؟ وأنا كنت قد شرحت لها قصّة ماهر وابنته، وفي الوقت ذاته راحت تعرض عليّ مشروع سفر، وبأقرب وقت، إلى إحدى دول الخليج لأعمل خادمة في بيت أحدهم هناك بمرتبٍ مغرٍ، وكأنّي خلقت لهذه المهنة التي لا أطيقها؛ لكن العوز دعاني أن أعمل بها. أجبتها بأنّ المال لا يغريني، وأنا سعيدة بالعمل في بلدي، ولا أحتاج للسفر؛ كذلك أعمل بهذه المهنة مؤقّتاً، كما أنّي سجّلت في دورات تقوية لأكمل تعليمي. شكرت أمّ طارق، التي لم تعلّق بشيء على إجابتي الحاسمة لها.

خرجت أمّ طارق بعد أن شربت القهوة. أتمنّى أن أجلس مع من يدعمني، ولو برأي مفيد أستطيع به أن أجدّد حياتي، والغريب أنّ النسبة الأكبر في المجتمع تقريباً لا تحبّ التجدّد ولا التغيير.

يرنّ جوّالي في وقت متأخّر من الليل. يكلّمني ماهر وهو محرج، ويعتذر للوقت الذي يتّصل فيه. قال:

- (أنا مضطّر يا فرح أن أكلّمك بهذا الوقت. سيلفا إلى الآن تبكي ولا تنام، ولا أعلم ممّا تشكو. أنا قلق عليها جدّاً!)

أجبته، وأنا أصف له أن يغلي لها اليانسون، فقد يكون البرد سبب قلقها، وبكائها!

بتُّ قلقة على سيلفا، وتوقّعت أنّها تفتقدني لأنّها تعوّدت أن تنام في حضني. رحت أتقلّب حائرة، وأشعر كأنّ الشوك في الوسادة يخزني، وصوتها لا يفارقني وهي تبكي، وأنا أتألّم لألمها. تعبت جداً، وبقيت هكذا حتّى الصباح.

يعود والدها بها إليّ صباحاً. ألقت نفسها عليّ. حملتها وقد انحنت على كتفي، وتشبّثت بعنقي خوفاً من أن يأخذها والدها مرّة أخرى. أمّا هو فكان القلق يبدو على وجهه. كان مرتبكاً لأنّه أعادها، والمفروض أن تبقى لديه هذا النهار. راح يعتذر بأنّها طول الليلة الماضية لم تهدأ، ولم يغفُ لها جفن. هذه الأسباب دعته أن يأتي بها قبل أوانها. خفّفت عليه بألاّ يقلق عليها، وسأتّصل به إذا طرأ عليها أيّ شيء. راح يكلّمها ويقول لها: (سيلفا. انظري إليّ. أنا ذاهب) وهي ما زالت تتمسّك بي، وتشدّ على عنقي أكثر، ولم تلتفت إليه. خرج وهو يتأفّف من الوضع الذي يعاني منه كلّما نظر إلى سيلفا، ويعذّبه شعوره، وسؤاله المرّ:

(كيف ستعيش هذه الطفلة دون أمّ؟!).

بعد أن تأكّدت سيلفا أنّ والدها غادرنا نزلت عن كتفي، وراحت نحو الباب، وأغلقته، وهي تنظر لي وكأنّها تخبرني أنّ والدها لن

يعود ليأخذها. راحت تلتفت إلى ألعابها التي تملأ زوايا البيت، وتحضرها لي، وتضعها أمامي كي ألعب معها بها كما عوّدتها، وأقضي معها في اللعب لوقت طويل، وأعطيها وجبة الطعام ثم أهدهد لها لتنام وأنا أغنّي لها، وألعب بشعرها الحريريّ، الذي يبدو كغيمة من خيوط الذهب.

أجمل شيء أنّك تخرج الطفل، من داخلك لتعيش براءة الأطفال وتفرحهم، وبالمقابل تشعر بالسعادة. كم أنا سعيدة بتربيتها، وأشعر بأنّها مهمّة أتحمّل عواقب تربيتها أكانت صالحة أم سيّئة؛ فأنا أسمع ما يدور في المجتمع أنّ اللوم دائماً على الأمّ، وهي من يتحمّل سمعتها في حالتيّ الصواب، والخطأ، حتّى لو كان الخطأ خارج عن إرادتها لا أحد يرحمها. يرافقونها إلى القبر بالكلام عليها، ولا أحد يلوم الأب.

أتمنّى أن تبقى في رعايتي حتى تكبر وتذهب إلى الجامعة، ولا أعلم ما يخبّئ لنا القدر في القادم من الأيّام.

أتذكّر أمّ بسّام عندما كانت تتحدّث مع الجيران وأنا صغيرة، وبدت تنظر لي، وكأنّي لم أفهم ما تقوله. أنتبه لهم وإلى ما يقولون بأن سبب الخطيئة، التي ارتكبتها أمّي هي أنّها كانت يتيمة الأمّ منذ طفولتها، وأبوها قد تزوّج بعد أن توفيّت والدتها، بامرأة لم تحسن تربية أمّي فضّة، ولم تنظر لها بحنان ولا اهتمام كما تقول بأنّ فضّة تأتي من المدرسة، ولم تجد أحداً في البيت، وتجد جميع أبواب البيت مقفلة، ووالدها دائماً في عمله، وزوجته كانت لديها رغبة أن تلفّ على الحارة، وتتعرّف على كلّ ما يدور بها، وتقضي الوقت خارج البيت، ولا تعود إلاّ مع موعد عودة زوجها إلى البيت.

تجلس فضّة أحياناً خارج البيت في البرد والحرّ ريثما تعود زوجة أبيها، وأحيانا تنتظر ولا تأتي، فتغادر إلى إحدى زميلاتها لتأكل معهم بعد أن تجوع؛ كما أنّها كثيراً ما تذهب من الصباح، إلى المدرسة، دون طعام، ودون اهتمام بنظافتها.

من هنا تبدأ حكاية الضياع، التي كانت تعاني منها أمّي بسبب الغذاء الروحي، الذي فقدته من والدتها ولا أحد يعوّض لها ما هو أهمّ من الطعام والشراب؛ فالضياع كان مقابل أن تأكل وتشرب، من أيدي أشخاص لا يعرفون الربّ، ولا يفكّرون بمشاعر الآخرين، بل خلقوا فقط لإشباع غرائزهم الوحشيّة.

أصبح عمري عشرين عاماً، والآن أستوعب ما معنى الأحاديث، التي تدور بين أمّ بسّام وصديقاتها.

تراودني جميع هذه الأفكار، وأنا أكمل عملي في البيت ريثما تصحو سيلفا لأتفرّغ لها، في الوقت الذي يزداد حبّي واهتمامي بها، وتعلّقي بها لأنّها فقدت غذاء الروح من والدتها لأنّ الأمّ هي الأساس في البيت، وهي التي تملؤه بالمحبّة والحنان وكلّ شيء جميل بوجودها.

دائماً يبحث الإنسان عمّا ينقصه، وأنا ينقصني الكثير، وأحبّ أن أعوّضه لهذه الطفلة البريئة.

طفلة واحدة أخذت كلّ وقتي؛ أسأل نفسي: يا ترى، كيف كانت الأمّ تنجب عشرة، وأحياناً أكثر؟! كم تعاني من تعب جسديّ وفكريّ وتشتّت بين هذا وذاك منهم، وكيف تؤمّن جميع طلباتهم، وتنسى نفسها بأنّها إنسانة خلقت لتنجب الأطفال، وتربّي وتتحمّل كلّ هذا العبء؟!

أتذكّر كيف أتعرّض كلّ يوم لهذا السؤال: لماذا لم تتزوّجي يا فرح كباقي الفتيات؟ وبتقدير بعضهم إذا لم أتزوّج لديّ مشكلة! والأهمّ، كأنّ الدنيا تشتّي عرسان كما تقول الأغنية!

فعلاً هم على صواب!

أخشى أن أتزوّج. خائفة؟ نعم خائفة!

ليس خوفاً من المسؤولية!

بل أخاف من رجل أخطأ في اختياره، فاكتشف فيما بعد أن فات الأوان، ولا وقت للندم!

رجل لا يخاف ربّه فيفعل المنكرات. يراني جسداً في الليل، وخادمة في النهار!

أخاف من بخيل في المشاعر لا يعرف من الحبّ، سوى السكن تحت سقف واحد! أخاف ممّن لا يعطيني قيمة في حياته، ولا يسمح لي بالحديث كوني كما يشاع بأنّ المرأة ناقصة عقل!

بل أخاف من رجل يلعن كتاباتي، ويسخر من خربشاتي. يفضّل قضاء معظم الأوقات مع أصدقائه، في المقاهي. أخاف من رجل يحبّ السيطرة والتسلّط، وحرّيتي تكون ملكه. أخاف من رجل يسخر منّي كوني كنت أعمل في بيوت الناس، ويشمت بي عندما أعرّفه على قصّتي!

أخاف من مستقبل مجهول لأطفال أحملهم في أحشائي، وأربّيهم ويتشرّدون هنا وهناك. ربّما أختلف عن غيري من الفتيات، وقّصة حياتي هي التي جعلتني أخاف، وزرعت الخوف والحيرة في داخلي، وأخاف أكثر عندما أتذكّر أمّي. الموضوع غير عادي فعلاً؛ فأنا بحاجة لطبيب نفسيّ!

ألمس أنّ الجميع يخاف ممّا يدور حوله من قلق وفزع. ليس هناك ما يطمئن بسبب الصراعات والأزمات والأوبئة، التي تتفشّى وليس بالمستطاع السيطرة عليها، ونحن مجرّد أرقام في تعداد السكّان. كثيرون لا يدركون أنّ لك قلباً يتّسع للعالم بأكمله، وعندك طموحات تودّ تحقيقها قبل فوات الأوان، ولديك ألف تخيّل وتخيّل لبداية قصّة حبّك، والكثير من المبادئ، التي تودّ أن تزرعها بأطفالك، ولا أحد يستطيع أن يصرخ في وجه هذا العالم طالباً منه أن يقف في وجه هذه الكارثة، ليترك لك مجالاً كي تعيش دون قلق وخوف ولو لدقائق معدودة. الحرب جعلت كلّ شيء على كفّ عفريت.

أنهي عملي، وتصحو سيلفا، ولم يتوقّف شريط أفكاري، وما يتراكم فيه، وأكتبه بقلمي. قلمي الوحيد هو الذي يسمعني، ويصغي لي، ولا يناقشني، ولا يلومني، ولا يسخر منّي. كما أنّي أمتلكه، دون أن يمتلك حريّتي.

هنا تبدأ المشكلة كيف أعطي سيلفا وجبة الحليب باردة والجو بارد جدا، ودرجة الحرارة تحت الصفر؛ وبأية طريقة أستطيع أن أوصل الفكرة، وأشرح لها عن أسباب فقدان الغاز، وقطع التيار الكهربائيّ، وقلّة الوقود والبرد والجليد ووووو، وهي تصرخ من جوعها ولا تدرك كلّ ذلك، أو تنتظر ريثما تأتي الكهرباء. لا توصف بشاعة الحروب. لا تفكّر برضيع ولا بمريض ولا بعجوز؟!

وقتي قصير، وعليّ أن أجهّز سيلفا وحاجياتها؛ لقد حان موعد والدها أن يأخذها معه، إلى بيت عمّتها ليقضي عطلته هناك.

شعرت، وأنا أعتني بسيلفا أنّها قد كبرت بعض الشيء، من خلال

ثيابها التي ضاقت عليها فعلاً، ويصدّق من شبّه الفتاة بالوردة، وهذا هو الصواب لأنّها تجسّد الجمال، ولأنّها تتفتّح بسرعة دون أن نكترث لها. حتّى أنّ والدها استغرب نموّها.

لأوّل مرّة تخرج سيلفا مع والدها، وهي في غاية الفرح لأنّها كانت شبه مسجونة بسبب البرد الشديد. كانت تعي ما يجري حولها ثم تودّعني، وهي تلوّح لي بيدها الصغيرة، وتعدني أن تعود في يوم الغد، ولم تستوعب أنّ عطلة والدها لأسبوع كامل، وستقضي معه كلّ هذا الوقت. لم أستطع أن أجلس في البيت دونها. لقد خلا من الفرح الذي كانت تشبعه، وأصبح كلّ شيء مغموماً في غيابها. لا حيلة لي غير أن أبحث عن عمل لينقضي هذا الأسبوع بالعمل، كي يخفّف عنّي وحدتي. لا بد أن أعود إلى ملهم، وأساله هاتفياً فيما لو كان يستطيع أن يؤمّن لي عملاً، وعلى الفور أعطاني رقم هاتف بيت لشخص يقال له (أبو رائد) وأنّ الرجل هو وزوجته فقط، ولا يحتاجان الكثير من وقت العمل لديهم؛ ثم طلب منّي أن نلتقي في بيتهم ليعرّفني عليهما، ويتعرّفان عليّ، وأكّد لي أنّ مزاج أمّ رائد متقلب جدّاً، عليك أن تتحمّليها، وتتعوّدي على مزاجها.

خرجت صباح اليوم التالي، وكان يوماً شتائيّاً بارداً، والمطر فيه على شكل رذاذ، ونسمة الصباح الباردة تلسع حتّى العظم!

عدت بذاكرتي إلى الوراء، عندما وقفت أمام محلّ ثياب البالة، وسألت عن ثمن معطف لأشتريه. كدت أنهار عندما أجابني البائع بأن ثمنه ثلاثين ألف ليرة سوريّة. فكيف لو كان جديداً؟ هكذا حياة الفقراء. يقضون الشتاء دون معطف، ويموتون من البرد؟

لماذا؟ لأنّهم فقراء؛ لكن لديهم عزّة نفس، ويحملون المشاعر الطيّبة، ويقدّرون مشاعر الآخرين.

فاجأني ملهم أنّه في منتصف الطريق رغم البرد الشديد. راح يعبّر عن شوقه لي. لم اصدّق ما يقوله. أعلم أنه سيدخل بموضوع أهم. ولم يتذكّرني إلا عندما احتجته، وأعرفه جيّداً بأنّه يعيش حياته دون مبالاة!

بعد الكلام والمجاملة وأنا أتحمّل كلامه على مضض أصرّ أن يدعوني لأفطر معه المناقيش، في مطعم قريب، ثم نذهب إلى بيت أبي رائد، وقال بصوت هامس أنّ لديه موضوع سيخبرني إيّاه

قبلت دعوته لأنّي من فترة لم آكل مناقيش بزعتر. لست مغرمة بالجلوس معه. راح يخبرني بأنّه انفصل عن زوجته، ويبرّر بأنّه كان ملاكاً معها، وأنّ زوجته هي السبب بما حدث. ولامني لعدم قبولي الزواج منه. كان يتكلّم، وأنا منهمكة بالطعام.

لا أبالي بما يقول. لم أستطع أن أكمل طعامي، بعد أن عرفت أنّه دعاني لتناول المناقيش، لطرح موضوع كرّره أكثر من مرّة، وكانت منّي خطيئة لا أغفرها لنفسي، لأنّ تكرار ما قال، وإلحاحه على الزواج، أثبت لي أنّه شخص أنانيّ، وهشّ، ولا يمكن حتّى أن أقبله صديقاً.

تابعت طريقي إلى بيت أمّ رائد. وببالي سيلفا التي خفّفت عنّي التعامل مع بعض الناس، والاحتكاك بهم لأنّهم - من أجل مصلحتهم - يستغلّون نقطة الضعف، ويساومون حتّى على الكرامة.

***

15

بعد أن تأكّدت من أنّ البيت الذي أقصده هو بيت أبي رائد، كانت امرأة عجوز تقف على الشرفة أشارت إليّ بالدخول، وقبل أن أدخل سألتها: هل هذا بيت (أبو رائد؟).

أجابتني لأ! وراحت تسألني من أنت؟ أأنت تحبّينه؟ (اخرجي من هنا. اليوم عرسي أنا عروسة أبو رائد!).

استغربت ما تقوله هذه العجوز! كان ملهم قد أخبرني أنّها تعاني من تقلّب مزاجها. لم يخبرني أنّها مصابة بالزهايمر! زادت رغبتي بأن أخدم هذه العجوز المسكينة، وتوقّعت أنّها قد عانت الكثير من متاعب الحياة، التي قد أدّت إلى إصابتها بهذا المرض.

كان زوجها قد سمع ما قالته لي، فظهر وهو يدعوني: (تفضّلي عمّو!). عرّفته عن نفسي. رحّب بي، وأضاف: نحن بحاجتك لأسبوع فقط في الليل والنهار ريثما تعود ابنتي من السفر. هي دائماً تعتني بنا. عرفت أنّ المطلوب أن أعمل عندهما، ويتوافق ذلك مع عودة سيلفا بعد انتهاء إجازة أبيها.

راح أبو رائد يتحدّث مع زوجته العجوز، ويخبرها أنّ الفتاة فرح
هي التي ستعتني بك في هذا الأسبوع. هي من يطعمك، ومن
يغسل لك! صاحت أم رائد بصوت عال: هل تريد أن تتزوّجها؟
وراحت تشتمني. راح أبو رائد يخفّف عنّي ما تهذي. كان متوقّعاً
أنّي لا أعرف حالتها المرضيّة، وأخبرني أنّها فاقدة لذاكرتها تماماً.

عملت في اليوم الأول دون أن أتكلّم معها. فقط كنت أراقب
وضعها وتصرّفها، حتّى وأنا أطعمها كانت تبكي أحياناً، أو تضحك،
أو تشتمني، أو تتوقّف عن الطعام، وتضمّني، وتقبّلني!

كان الوضع غريباً عليّ بالنسبة لتصرّفات لم تمرّ عليّ من قبل.
كانت تقضي يومها، وهي تلفّ وتدور، في أنحاء المنزل، وكأنها
تبحث عن شيء ما قد فقدته، ولم تعثر عليه. والليل كان مثل
النهار بالنسبة لها؛ وكانت الظلمة تدعها تتخايل أشياء غريبة،
وخاصّة ما تراه من ظلال.

كنت أغفو أحياناً من شدّة النعاس، وأستيقظ مذعورة، وهي
تنزع الغطاء عنّي قائلة: من هذا الرجل الذي ينام بجانبك؟ أشك
أن يكون أحد قد دخل البيت في غفوتي. فأقوم بتفتيش البيت كلّه
خوفاً من أن يكون أحد ما قد دخل!

أقضي الليل سهراً وخوفاً من أفكارها وأتابع مراقبتها في أنحاء
البيت، وهي لا تشعر بتعب أو بنعاس.

تشرق الشمس ونحن في الدوّامة نفسها! ويثيرني أيضاً دعاء
أبي رائد لأولاده المغتربين، ليشاهدهم بخير، ولا يصيبهم أيّ
مكروه. كما أنّها لم تتذكّر أيّ اسم من أسماء أولادها. أقدّم لها
طعاماً، فتقذفه بيدها غاضبة دون سبب، أو تقول أنّها ليست

جائعة، وبعد لحظة تشكو بأنّها جائعة، وأنا أبخل عليها بالطعام.

كانت جارتها المسنّة تأتي لتزورها، وعكّازها عصا، واليد الأخرى تساعدها بالتمسّك بجدار المنزل. وذات يوم سمعتها وهي تقول أنّها جائعة، وتشكو لها بأنّنا لا نطعمها.

صدّقت جارتها ما تقوله، وراحت تشتكي لأبي رائد عليّ قائلة له: هذه اللفّاية لا تطعم أمّ رائد ولا تهتمّ بها، وما عليك إلاّ أن تجد خادمة غيرها كي تعتني بها.. هزّ أبو رائد برأسه قائلاً: هذه فرح من أوّل مرّة شاهدتها عرفت كيف تتعامل مع وضعها.

أنت لك سنة تشاهدينها بنفس الحالة، وفي كلّ زيارة لك تحاولي أن تلقي علينا ملاحظاتك. رجاءً اتركينا بحالنا. زوجتي، وأعرفها!

حين أستدعيها للحمّام تحتجّ بأنّها من فترة قصيرة قد استحمّت، وبطريقة سلسة مع عدم العناد معها تدخل الحمّام. أغسل لها جسمها بالليف، والصابون، وأنا أغنّي لها كما لو كنت طفلة صغيرة. تارةً تفرح وتارةً تحزن. تكون متقلّبة المزاج في اللحظة نفسها. وأحياناً تدخل الحمّام مرّة ثانية، وتطلب أن تستحمّ، ولا تقتنع بأنّها قد اغتسلت منذ لحظات.

أحاول معها حتّى تنسى الموضوع الذي يشغلها. كي تكفّ عن التفكير بما يخطر ببالها. تهدأ قليلاً ثم تعود لعنادها. ثم تدخل غرفة أبي رائد، وهي غاضبة تسأله عن موعد عرسهما.

يمتصّ أبو رائد تساؤلاتها غير المنطقيّة، ويسايرها قائلاً، وهو يبتسم لها: ننتظر ريثما يأتي أولادنا من السفر كي يرقصوا، ويفرحوا بنا. فتفرح، وتسرع إلى خزانة الثياب، وتفتّش عن ثوب مزركش

من أيّام شبابها. تخلع ثيابها التي تلبسها، ثم تلبس ما انتقته من ثياب، وتقف أمام مرآة الخزانة، متباهية بنفسها.

مشكلة جديدة غير متوقّعة أتعرّض لها.. تخرج أمّ رائد من المنزل، وأنا مشغولة، ومنهمكة، في المطبخ؛ وعلى حدّ علمي أنّ أبا رائد يجلس في شرفة المنزل، وينتبه لها. خرجت أتفقّدها فلم أجدها، ولم أجد أبا رائد. ظننت بأنّه ذهب ليتمشّى معها، كي تستنشق الهواء الطلق، في هذا اليوم المشمس. رحت أكمل عمل البيت، وأفكّر فيما لو لم تكن برفقة زوجها، إلى أين تكون قد ذهبت؟ إذْ من المستحيل أن يخرج أبو رائد من البيت قبل أن يخبرني!

تركت كلّ شيء من يدي، وخرجت إلى الشارع أبحث عنها. صادفت أبا رائد في طريقي يحمل في يديه أكياس خضار أحضرها من السوق. تفاجأ بي مسرعة وملهوفة. توقّع بأن تكون أمّ رائد قد خرجت. المسكينة لا تتذكّر شيئاً. ولا إلى أين تذهب. ناولني الأكياس وعاد يبحث عنها.

وأنا عدت إلى المنزل لأضع الأكياس، وأتأكّد من أنّها ربّما تلوذ في مكان ما من المنزل فلم أجدها. رأيت ثيابها مبعثرة على مساحة الغرفة. لا شكّ أنّها خرجت مرتدية ثيابها المزركشة، التي تحتفظ بها من أيّام شبابها.

خرجت أنا الأخرى أبحث عنها.

يخطر ببالي أنّها دائماً كانت تضع ثيابها بصرّة، وتحملها قائلة أنّها ذاهبة إلى بيت أهلها، ويحاول أبو رائد أن يقنعها بأنّ أهلها لا يوجد منهم أحد، ويؤكّد لها أنّ والداها توفّيا من زمن بعيد، ومع ذلك تصرّ على الذهاب. يمسك بيدها ثم يأخذها إلى هناك

لتشاهد أنّه لا يوجد أحد، ويعود بها فتهدأ قليلاً، ولا تكفّ عن طلبها، لعلّهما يكونان هناك.

فوجئت بأحد الأشخاص يمسك بيدها، وهو يسألها إلى أين تذهبين؟ كما فوجئ بي لأنّه لم يشاهدني من قبل في هذه الحارة عندما مسكت يدها الأخرى، وشكرته أنّه عاد بها إلى مقربة من البيت، وراح يسألني من أنت، وماذا تكونين لها؟ عرّفته على نفسي فراح يلومني على أنّي غفلت عنها وتركتها تخرج. كنّا ما زلنا نتكلّم بشأنها، وحضر أبو رائد ليخبرني أنّها لم تذهب إلى بيت أهلها القديم سائلاً أين كانت؟

فأجابه هذا الرجل: «أنا عدت بها من أمام بيت أهلها القديم، وكانت تسير على الطريق القديم المتعرّج، الذي كان الناس يستخدمونه قبل شقّ الطريق الحالي».

حينها خطرت ببالي تساؤلات كثيرة حولها: كيف مُسحت ذاكرتها تماماً؛ حتّى أنّها لم تتذكّر أولادها، الذين حملتهم في أحشائها، ولم تنسّ الحنين إلى الأهل، وهي بعمر التسعين. كما أنّها تذهب في الطريق، الذي كانت تمشي عليه في طفولتها، وما زال في ذاكرتها!

وأنا أتحمّل الشوق والحنين المختنقان للسنين، التي مضت من عمري، في كل خليّة تسري بها دمائي، وكلّ ما ينبض بالحبّ يتوهّج في داخلي، وناره تحرقني في كلّ لحظة.

أتذكّر قصّة أمّي التي لا تغيب عنّي، وهي الهاجس الذي لا يفارقني؛ فكلّما حاولت أن أتهرّب منها لا أستطيع. فهي كلّ الوجود في ليلي ونهاري، وهي الحلم الجميل. ودون هذا الحلم لا تفارقني

الكوابيس أبداً. أبداً، وأنا على هذه الحال أكاد أفقد توازني أمام تصرّفات أمّ رائد.

تمرّ أيّام الأسبوع، وأنا مستنفرة كجندي في الحرب. ليس لديّ وقت لأن أفكّر بالطفلة سيلفا التي أحببتها، ولا مجال لي أن اّستخدم جوّالي كي أطمئن عنها.

أعد الساعات الباقية كي تأتي. أتفقّد جوّالي فأجد أكثر من عشرة مكالمات من ماهر أبي سيلفا. عندما كلمته وقال لي أنّه لم يكمل الأسبوع في بيت أخته. بسب سيلفا التي لم تتأقلم في جوّ بيت عمّتها، ودائماً تطلبك. أين أنت يا فرح الآن؟ لم أجدك في البيت. أخبرته بما جرى معي من معاناة مع أمّ رائد. وأخبرته أنّني عدت إلى البيت، الذي هو مصدر سعادتي مع سيلفا، والتي تضمّني ولا تتركني خوفا من أن يأخذها والدها منّي، وتبكي وتنظر لي نظرة عتاب، وكأنّها تلومني على أنّني السبب في بعدها عنّي.

أستغرب كيف يطلب والدها القهوة من يدي لأوّل مرّة.

كم كان يبدو أنّه متعب جداً. كان يرشف القهوة وينظر إليّ. بدا لي أنّ في داخله كلاماً كثيراً، لكنّه يلتزم الصمت تماماً، وهو يعبّ دخان سيجارته بشراهة، ويدفعه من صدره كبالون مليء بغاز الفحم ينتشر الدخان، ويعبق في جوّ الغرفة بكثافة غير عاديّة.

كان عندي شعور بأنّي قد فهمت ما يضمره دون أن يتكلّم. «شعوره بضيق شديد حول سيلفا، التي لا تستطيع أن تعيش من دوني، وهو لا شجاعة لديه كي يفاتحني بموضوع الزواج

منّي، لأنّه سبق وقد لمّح لابنته أنّ فرح سوف تذهب معنا وتعيش بيننا.

توقّعت بأن يكون الفارق الاجتماعي هو السبب! حتّى لو أنّه مقتنع تماماً بي لكنّه يخاف من نظرة الناس إليه كيف تزوّج من خادمة! فكيف لو يعرف باقي التفاصيل عن قصّتي، التي جعلتني أتفجّر من داخلي، وبتّ أبحث عن منفذ لأخرج من واقعي، وتكون لديّ القدرة حتى أن أنساه. لكنّ نظرة الناس لي، وسخريتها لا تنسى.

حتى أنا لم أتوقّع يوماً أن أفكّر بأن أتحوّل، من خادمة له إلى زوجة إرضاء لرغبة ابنته، مع أنّي معجبة به، وأشعر أنّه مختلف عن كثيرين بتفكيره؛ يكفي أنّه مخلص لزوجته التي توفيّت منذ ثلاث سنين تقريباً، وما زال دون زواج.

فرق كبير بينه وبين بعض الناس الذين أعرفهم. فلو كان مثل غيره لم يمضِ شهر على وفاة زوجته لكان تزوّج، وكأنّها عمليّة تبديل أي قطعة أثاث في البيت».

غادر وهو يلتزم الصمت، والسيجارة في فمه، والتوتّر يظهر عليه. رحت أحسب كم بقي من الأيّام، لتكمل سيلفا ثلاث سنوات من عمرها، في بيتي، وكيف تمرّ الأيّام مسرعة، ووقت امتحان الشهادة الثانويّة يقترب، وعليّ أن أسهر وأدرس حتى أحصل على درجات عالية.

وأنا كذلك أشعر بالملل، والضيق، وعليّ أن آخذ سيلفا، وأخرج إلى أي مكان لأستعيد توازني، وأستنشق الهواء الطلق.

***

15

هنا تتوقف مخطّطات الحياة اليوميّة عندما علمت من الأخبار بأن فيروس كورونا يجتاح العالم، وهناك الحجر الصحيّ بالتزام البيوت خوفا من هذا الفيروس، وسرعة العدوى به.

عندها كلّمني ماهر وراح يشرح لي عن هذا الوباء، وخطورته وسرعة انتشاره باللمس، أو رذاذ العطس خائفا على ابنته من العدوى، ويوصي بزيادة النظافة، وتعقيم اليدين كلّما لامست الأشياء المنزليّة.

عند الخوف يزداد الوسواس بالنظافة. أغسل يديّ، ثم أعود بعد قليل، وأكرّر ذلك مرّة ثانية في نفس اللحظة. وينقضي النهار بالتنظيف والتعقيم للوقاية من هذا الوباء. لم يكن الأمر مزاحاً. الصمت والهدوء يجتاح البلدة. عطّلت المدارس، والدوائر الحكوميّة، واكتفى الناس بالبقاء في بيوتهم، ومنعت التجمّعات، حتّى والتجمّعات الحميمة بين الأهل والأقارب. علماً بأنّ الحرب دخلت عامها التاسع، ولم يخف أحد، ولم تتعطّل حركة الأسواق، ولا الشوارع، والحياة استمرّت بشكل طبيعي.

وهنا زادت الأقاويل في الإعلام، وعلى شبكات التواصل الاجتماعيّ. بشكل مرعب ومخيف. وأنا أتابع ما يحدث في هذا العالم، من وباء اجتاحه دون إنذار.

تتوقّف طموحات الشباب والفتيات، والكلّ في بيوتهم. هناك من كان يدعو لاحتفال بعرسه قبل أيّام فأجّله، ولا يعلم إلى متى، ومن يجهّز لتخرّجه من الجامعة فأقفلت الجامعة أبوابها، وزُرع اليأس في قلوب من ينتظر يوم التخرّج. ولدى مسافر يقصد العمل ليبني مستقبله بعد أن الانتهاء من الخدمة العسكريّة، التي قضى فيها ثماني سنوات وأكثر بسبب الحرب، ولدى قادم من السفر، والفرح يسكن قلوب والديه ليشاهدوه. لم تصل الفرحة لقلب مواطن كان ينتظر لحظة الفرح، فساد السكون كلّ شيء.

وأنا أيضاً في وحدتي أقضي وقتي مع سيلفا، التي عوّضتني عن أشياء كثيرة، واشعر بأنّي أعيش معها في حالة أمومة شبه مطلقة. الأمومة التي افتقدت بها من يحضنني في صغري، كانت من نصيب سيلفا التي أحتضنها، وأنا اشعر بأنّ الربّ أرسلها لي كي لا أنسى معنى الأمومة، ومشاعرها، ودائما أضع اللوم على من أنجبني.

الأمومة هي بنظر بعض النساء كلّ من تنجب طفلاً تمتلك هذه الصفة، وتحمل اسم أمّ، وهي على العكس: كلّ من يتحمل المسؤولية ويهتمّ بتربية الأطفال، ويعمل على تربية مجتمع خالٍ من الشوائب، التي تعيق مسيره إلى الأمام.

وأحيانا بعض الشوائب تعطيك درساً لا يُنسى. أسأل نفسي كيف تعلّمت الدروس التي أعطتني القوّة والاهتمام بنفسي، فأرى

أنّها شوائب في الناس، الذين يعملون على إدانة الغير، والكلام الذي دائماً كنت أسمعه هنا وهناك؛ وكيف كانوا يعلّمون أطفالهم بالتعامل، مع فرح البريئة الصغيرة، على أنّها منبوذة من أهل الحارة، ومن المجتمع. لا أنسى تلك الأيّام، بل على العكس شكّلت عندي القدرة على الاستمرار بوجهة نظري القائلة: «إنّ المرأة لا تأخذ نصيبها من القانون الذي يحميها، بل الذي يعتبرها أنّها هي دائماً، وبسببها تُرتكب الجرائم».

كم من الجرائم تكون ضحاياها المرأة. تُقتل الفتاة من قبل أخيها، أو والدها، ويدّعون بأنّها قُتلت برصاصة طائشة، أو قضاء وقدراً، ويكون الجرم بسبب (الشرف) حتى أنّ الفاعل بغنى عن أن يتعرّفوا عليه. عسى أن يلتزم الناس بالمادّة القانونيّة، التي صدرت متأخّرة جداً: الإصرار على معاقبة من يرتكب جريمة الشرف.

وأنا في الحجر الصحيّ تخطر ببالي مواضيع كثيرة بوجه آخر يتعلّق بالجانب المشرق من الحياة. الحريّة، وحفظ هذه النعمة، التي لا نشعر بقيمتها إلاّ بعد أن نفتقدها.

نعمة الحرية أكثر من يعرفها أهل السجون، حسبما أسمع من الناس، وها نحن في سجن دون حارس على بابه. بسبب وباء الكورونا المستجدّ، إنّما نحن نحرس أرواحنا من خطورة هذا الوباء، الذي لا يعرف حدوداً، ولا الأبواب المقفلة تستطيع منعه. ننتظر الحنين والدفء، من شقوق النوافذ بقلوب ملهوفة، أفسدت أنفاسنا رائحة المعقّمات. كما أنّنا اشتقنا للهواء الطلق، ولمن يفهمنا.

كلّ هذا الحجر، لم يقف في طريقنا إلى الحياة. سنبقى أقوياء في داخلنا، ونصنع الفكاهة، من قلب مجروح. على الرغم من كلّ

معاناتنا، إنّنا محكومون بالأمل. رحم الله من قال هذه العبارة، لنتناقلها، وتتناقلها الأجيال من بعدنا. قليلة هي الأسر، التي لم تتقطّع بها السبل. معظمها انقطعت أواصرها بسبب هجرة بعض أفرادها، بسبب ضيق العيش، أو هرباً من العنف. جعلتنا هذه الحرب نفقد الكثير من أحلامنا، ولم يعد يهزّنا شيء، وغدت دفاتر المهووسين بالكتابة مليئة بما أوحته لهم من خواطر، أو من بكاء. ننتقل من زمن الحرب المرير، إلى زمن الكورونا القاتل.

تركت إحداهنّ لي دفتراً، وقالت لي: اطلّعي بهدوء على ما به. إنّه منقول عن كاتب مجهول. يقول فيه:

«فجأة وبلا مقدمات.

نمنا في عالم واستيقظنا في عالم أخر مختلف فجأة لم تعد أوروبا حلم الهجرة. ولم تعد أميركا أقوى دولة.

باريس لم تعد رومانسيّة

نيويورك لم تعد مثيرةً

لم يعد سور الصين حصناً

ومكّة والمدينة فقدتا المصلّين

وأصبحت كلّ المساجد فارغة؛ حتى الكنائس أغلقت أبوابها الكلّ أصابه الهلع من الموت. الكلّ أدرك حجمه الحقيقيّ، فلا قيمة للإنسان على وجه الأرض!

فجأة؛ توقّفت الحروب، وتوقّف القتل، وأصبح القاتل، والمقتول رهناً لعدالة السماء ممثلة في ڤيروس لا تراه العين.

فجأة..

أصبح السلام والعناق والقبلات أسلحة نخاف منها، وأصبح عدم الزيارة الآباء والآهل والأصدقاء دليل المحبّة!

فجأة أدركنا أن لا قيمة فعليّة للقوّة والجمال والمال والسلاح، وأصبح همّنا الأكبر أن نحصل على الأكسجين، وأن نضمن وجوده أذا افترسنا الفيروس.

توقّفت كل مرافق الحياة، فلا مطارات ولا مدارس ولا جامعات ولا خمّارات ولا نوادي قمار؛ وهذا الأمر أجمل ما في الموضوع!

لقد أصبح العالم أكثر طهارة وأجمل وأنقى من دوننا.

فالبيئة تحسّنت، والأوزون توقّف عن التهتّك، وانطلقت الغزلان والماعز البريّ تركض في أفخم الشوارع، بينما البشر محجورين في البيوت، التي تحوّلت إلى سجون إراديّة.

وبصرف النظر. هل هو فيروس طبيعي أم صنعه البشر إلاّ أنّني أعتقد أنّها رسالة من السماء تقول لنا: الأرض والماء والسماء والهواء دونكم بخير، والعالم مستمرّ دونكم.

وعندما تعودون للحياة لا تنسوا أبداً أنّكم ضيوف. أنتم لستم سادة الأرض. أنتم مجرّد ضيوف!».

أتذكّر مكالمة أمّ صالح، وهي تخبرني أنّها قد عادت من السفر قبل الحجر الصحيّ، وهي مشتاقة لي، وأنا كذلك مشتاقة لها كثيراً. كيف سأستطيع مشاهدتها في هذه الظروف الحرجة؟!

سوف ألبّي دعوتها، مع الحذر الشديد. بهذه الطريقة ننقذ من يحبّنا ونحبّه.

يدفعني الشوق والحنين والمحبة لهذه المرأة الحكيمة. أتذكّرها

كيف كانت ردّة فعلها عندما عرفت قصّة حياتي. هي الوحيدة التي كانت تشحنني بطاقتها الإيجابية، وبنظرتها للحياة بشكل مختلف، فهي تحبّ دون مصلحة، ولا تفكّر إلا بكلّ شيء إيجابي

كم كنت متشوّقة لها ومتشوّقة أن أعبّر عن محبّتي لها بضمّها وتقبيلها؛ لكن الكورونا جعلت مسافة بيننا. عندها تشعر باليأس أنّك تقف أمام من تحبّ دون أن تلمسه، حتى لو عبّرت عن مشاعرك له تشعر بخيبة من الداخل. كانت ابتسامة أمّ صالح، وتعبير وجهها لي يوازي ما أحمله لها من مشاعر.

راحت أمّ صالح تخبرني عن رحلتها، وعن فرحها بلقاء أحبّتها، وأنا أنتظر أن تنهي كلامها عن أولادها. تتذكّر أنّها وعدتني بأن تسأل عن أمّي بواسطة إحدى صديقاتها في دبيّ، وتخبرني. لعلّها عرفت شيئاً عن أمّي لأنّي متشوّقة لأيّ خبر عنها يفرح قلبي.

بعد صمت طويل، وأمّ صالح تنظر إلى الأرض، ويدها تتحرّك بشكل لا إراديّ تعبيراً عن قلقها، ثم تنظر لي، وكأنّ في داخلها كلاماً لا ترغب بالبوح به خوفا على مشاعري شككت أنّ في سرّها كلاماً لا يسرّ عن أمّي.

سألتها ما بك يا أمّ صالح؟ أين شاردة؟

يا فرح إنّي أفكر بهذا الزمن. لا شيء يبقى على حاله. الأيّام تتقلّب مع فصول السنة. فأنت وأنا مثل بقيّة المخلوقات.

ستمرّ لحظات دافئة في حياتنا، كالحرارة في فصل الصيف مليئة بالاستقرار، وهناك لحظات باردة خالية من الإحساس من بعضهم مثل فصل الشتاء، ولحظات وأيّام عاصفة. يتبّدل بعض

الناس في حياتك، ويسقطون كأوراق الشجر في فصل الخريف، وأيّام جميلة مزدهرة ومثمرة كفصل الربيع قد تأتي يا فرح؛ فلا شيء ثابت على حاله، وتجاربك وخبراتك تؤهّلك، إلى ما هو قادم وتجعلك مستعدّة لكلّ الظروف والاحتمالات.

كنت أودّ أن آتي إليك بأخبار تسرّك يا فرح. لم أكن أحبّ أن أخبرك عن أمّك فضّة بأنّها هاجرت، مع ابنتها إلى أوربّا. هكذا أخبرتني صديقتها، التي كانت تسكن قريبة منها. ذلك بسبب أقاويل الناس حولها.

كنت أتوقّع يا خالة أمّ صالح كلّ ما هو في الحسبان. يبدو أنّي أبحث عن السمك في نهر معكّر. سأحاول أن أصرف موضوع أمّي من أفكاري، وأعتبرها قد ماتت مثل بعض الأمّهات. فعليّ أن أبحث عن ذاتي، وأهتمّ بنفسي، وبقدرتي، وأين أستطيع أن أصل. \

علّمتني الحياة ألاّ أتقوقع، وأقضي العمر وأنا مشوّشة. لم يعد يحزنني شيء مضى، وانقضى. سأعود إلى ذاتي. لا أحد ينقذني إلاّ هي. ذاتي التي كانت آخر اهتمامي سأجعلها الاهتمام الأوّل، وأتعرّف على ذاتي جيّداً. أين ستكون. ما الذي تحتاجه، ولا أدعها تنجرّ وراء العادات والتقاليد البالية، كوني أنا القائدة لها بأفكاري، وسلوكي.

أشياء كثيرة من حولي تبهج، وتغذّي الروح، وأنا لا أراها. سوف أتمتّع بكلّ شيء جميل. سأكون كالفراشة بين الورود، وكالنحلة بين الأزهار. مع أني لم أستطع أن أتخلّص من الحيرة المتلبّسة بي. الحيرة التي لم تخلق معي، بل زرعها كلّ من حولي بنظراتهم

السوداء لي سواء بقيت مكاني، أو تحرّرت من الماضي، فالمجتمع لا ينسى من هي فرح!

ولن أنكر عليك، كم أنا مشتاقة للحارة، التي عشت وكبرت فيها، ولأصدقائي أيضاً، مع أنّهم كانوا ينفرون مني؛ لكنّي أعذرهم على تصرّفاتهم. ليس ذنبهم هذا، بل ذنب أهلهم، الذين زرعوا بهم نظرات السخرية من فرح البريئة.

قاطعتني تقول لي بحبّ:

«أملي بك كبير يا فرح. أنت تعرفين كيف تمسحين كلّ ما يزعجك، وتعرفين كيف تسيرين بحياتك إلى ما يفرحك، ولا تنظرين إلى الماضي بسوداويّة. كم أنا اليوم سعيدة بزيارتك المفاجئة. كم كنت أنتظر أن تزوريني. كانت زيارتك لي هذا اليوم بوقتها. كنت أودّ أن اتصل بك. منذ شهر ونصف عدت من السفر، وإلى الآن لم أشاهد أحداً من أقربائي بسبب الحجر الصحيّ، وفي هذه الليلة قرّر الجميع أن يأتوا ليسهروا عندي؛ أنت محجوزة اليوم في بيتي، وستنامين هنا. إنّني وحيدة وأحتاج لمن يسلّيني. كما أنّك ستحضرين السهرة مع أقاربي، وترين خالتك أمّ صالح كيف ستحيي هذه السهرة، وحتماً سيسرّ الجميع كالعادة. لا تستخفّي بي حتى لو كنت كبيرة بالسنّ. ما زلت حيويّة، وأحبّ المرح، وأحب أن أفرح من يجالسني. وستكون السهرة في حديقة المنزل بالهواء الطلق بسبب الوباء».

.. وكانت المفاجأة فعلاً. فوجئت في السهرة بما لم أشاهده في حياتي كلّها. كان الحضور جميعاً مع أولادهم. مع أنّنا في الأيام

الأخيرة من شهر نيسان كان الجوّ باردا، وبالمقابل كانت حرارة السهرة تبعث الدفء. أكثر مع أنّنا في العراء: الأحاديث المباشرة، والجانبيّة كانت عن معاناتهم في الحجر الصحيّ، وعن الغلاء الفاحش الذي لا يطاق، وعن عدم توفّر الغاز، وانقطاع الكهرباء. وعن الفوضى والخطف والسرقة في قلب النهار. وقفت أم صالح متّكئة على عكّازها، وهي تقول لهم: «ذهبت إلى السفر وعدت والحديث لم يتغيّر. ما زالت المشاكل نفسها والهموم تزداد سوءاً، والمشيب بدا عليكم قبل الأوان».

يردّ أحدهم على أمّ صالح: «شو على بالك يا أمّ صالح؟ أولادك كلّهم بالخليج، والله منعم عليك!»

وقفت أمّ صالح. وراحت تدقّ العكّاز على الأرض بقوّة وردّت على هذا الرجل: «أنت يا أبو محمود لا تتعب مثل أولادي. حياتهم كلّها عمل. يومياً يعملون إلى آخر الليل. ليسوا مثلك على قهوتك كلّ أوقات النهار!».

اعتدل أبو محمود بجلسته وقال: «وهل وجد عمل وما اشتغلنا؟ من لمّا ارتفع سعر القهوة، لم نعد نغليها على نار!».

ردّ رجل آخر: «أمّ صالح ستحلّ كلّ المشاكل هذه الليلة، وتتحفنا بتشكيل وزارة افتراضيّة طالما لا يرد عليكم المسؤولون! من الموجودين، وغير الموجودين، أيّ ممّن تعرفهم ملائمين لهذا المنصب، كونها الأكبر سنّاً، وخبرتها صائبة في الحياة!؟».

لوّحت أمّ صالح بعكازها في الهواء قائلة:» أوافق بشرط أن يتحمّل كلّ منكم مسؤوليّة منصبه لتحلّوا مشاكلكم وتحكموا

أنفسكم، ولا تكونوا كغيركم لمّا تركبوا سيّارات مفيّمة ما تسألوا عن أحد. وإذا صادفتكم في الطريق لا ترونني. وتنسون من عيّنكم في مناصبكم!؟».

ردّت إحدى الزوجات: «نرجوك يا أمّ صالح أن تدعمي المرأة في هذه الوزارة!».

أجابتها أم صالح:»مليح.. سمعنا صوت النساء لأنّهنّ إذا ما طالبن بحقوقهنّ، لا ينتظرن من الرجال أن يعطوهنّ حقوقهنّ. الرجال، بطبعهم يحبّون السلطة، والمرأة بنظرهم مفرخة فقط، ومسؤوليتها أن تنجب وتربّي وتطبخ».

أنت يا أبو محمود وزير أوقاف. لا تعليق. أنت رجل دين، وفيما بعد أعيّن لك معاوناً من أحد الرجال. المرأة لا تليق لهذا المنصب.. كان بينهم من يستمع ويصغي للجميع، ثمّ تدخّل بالحديث قائلاً

«خيّي بو محمود أموال الوقف أمانة بذمّتك. إنّها أموال للفقراء. لا لتعبئة الجيوب والمشاريع الخاصّة». أجابت أمّ صالح: «هذا الكلام ذكّرني لما ضبطت أبو محمود في قنّ الدجاج وهو يسرق البيض. أعتقد أنّه أعلن التوبة بعدها». أجاب أبو محمود: ما زلت تتذكّرين يا أمّ صالح؟ كانت أيّام طفولة! ثم تدخّل أبو جدعان:

«ما إلك حقّ يا أمّ صالح. بتعرف عن أبو محمود هذه الأخبار وبتعيّنه وزير! لم أجد سواه رجل دين!».

تابعت أمّ صالح «أبو جدعان وزير مواصلات؛ فأنت تهتمّ بالطرقات أكثر من سواك. الله يوفقك ما بدّك حدا يوصّيك!» .

«أمّا نايفة سأعيّنها وزيرة صحّة؛ فهي تعرف جميع من يصابون

بالرمد، والسعال الديكي، ووجع المفاصل، كما أنّها تعلم كم امرأة في حالة حمل، وكم شهر حتى تلد. أخبروني عنها أنّها تبحث عن دواء للكورونا. هي تعرف كيف تداويهم أو ترسلهم إلى رحمة ربّهم، أو على الأقلّ تدلّ عزرائيل عليهم. (تلتفت نحو نايفة) دلّيه على الزوجات المشاكسات لأزواجهنّ!».

يسود جوّ الفرح والبسط بينهم وتعلو ضحكاتهم، التي كانت مختزنه داخلهم بسبب الحجر الصحيّ، وعدم خروجهم من بيوتهم. تابعت أم صالح: «خبّروا أبو صخر؛ سأعيّنه وزيراً للداخلية؛ فهو الوحيد الذي لديه ملفّ لكلّ شخص؛ حتى من لا يزال في بطن أمّه؛ فهو مختار، ويعرف كلّ شاردة وواردة، ولا اعتراض عليه!»

« كذلك سأعيّن شكريّة وزيرة معارف؛ فهي معلّمة فاضلة، ولها أتعاب على أولادنا، بشرط أن تسمحي للمعلّمين والمعلّمات بحمل القضبان، لتخويف الطلاّب؛ لأنّهم لا يخافون من أحد هذه الأيّام، وعودة المنهاج القديم للطلاب؛ لأنّ المنهاج الحديث سبّب الفشل في تربيتهم!».

تدخّل أبو محمود بالحديث قائلاً: «نشف ريقنا. وين الحلويات. ما بدّك تحلّينا يا أمّ صالح؟!» أجابت أمّ صالح: «بعد أن أعيّن وزيراً للكهرباء، وهو عندي أهمّ من الكلّ. من برأيكم يصلح لهذا المنصب؟ أجابها أبو جدعان:

«من الموجودين لا يوجد أحد يليق بهذا المنصب. لا داعي لتعيين وزير للكهرباء لأنّها لا تنير بيوتنا، ولأنّنا عدنا للكاز وبابور الكاز، وعايشين، وما شاء الله وكان علينا. تأخّرتِ علينا يا أمّ صالح بالحلويات. حلّينا؛ وبسهرة ثانية، تكملين تشكيل وزارتك العتيدة»

لكن أمّ صالح أحبّت أن تقول شيئاً قبل تقديم الضيافة. قالت:«كنت سأعيّن منكم وزيراً للعدل. لكن لطالما لا يوجد ظلم ولا اعتداء على أحد، والدنيا بألف خير استبعدت الفكرة!».

أجابها أبو محمود: «ما حدا سأل عن قاضي.. كلّ شخص يأخذ حقّه بيده. نحن الرجال بصوت واحد تفزع الناس؛ وإذا قتل منّا رجل سنقتل من خصمنا اثنين!».

تابعت أمّ صالح: «انتبه لي يا شيخ. كلّ وزير منكم يتعب على أولاده من أجل أن يرث منصب والده. الحياة لا تدوم لأحد. أمر آخر أريد أن أقوله: كلّ واحد منكم يحترم نفسه، ولا يتحرّش بامرأة، وعليه أن يعامل زوجته معاملة حسنة».

وأنا كلّ هذا الوقت جالسة بصمت مطبق. أصغي وأستمتع بما يجري من أحاديث. كان الكلّ في حالة فريدة من البسط، والفرح يسود المكان.

فجأة وبصوت عالٍ تناديني أمّ صالح: «يا فرح أحضري الرزّ بحليب والزلابية!؟

وعند البطون تضيع الحكومات، وتضيع الجماهير!

وقفت أمّ صالح غاضبة، وقالت لأبي محمود: «كلّ السهرة وأنت تحكي عن غلاء الأسعار. كم أنفقت على عرس ابنك محمود. الله يسعده؟ وصلتني الأخبار بأنّ نصف الطعام راح هدراً. لو تبرّعت للمحتاجين كنت كسبت أجراً عند ربّ العالمين؛ مع العلم أنّ كلّ من أكل من زادك، خرج وهو يذمّك».

أجابها أبو محمود: «كلّ من حضر العرس وأكل من الطعام كان

مسروراً. أنت الوحيدة توجّهين لي مثل هذه التهمة!؟».

تقاطعه: «أنا لم أحضر العرس؛ إنّما أقول ما يقوله الذين شاركوكم هذا الفرح».

يجيبها: «كلّ عرس فيه قرص يا أمّ صالح!».

كانت السهرة ستنتهي على خير؛ لولا أنّ أحدهم لم يخرج من المولد بلا حمّص؛ ولأنّه لم يُعيّن بمنصب، راح يكلّم نفسه، وقد بدا عليه الانزعاج، والتذمّر، وهو يقول عند مغادرته الجلسة: «مين راح يردّ عليكم؟! اللّي على كرسيه ما طالع معه شيء في هذه الفوضى!».

راحت أمّ صالح تودّعهم، وهي تعبّر عن سرورها بهذه السهرة، التي هي من العمر، مازحة تقول لهم:» إيّاكم تصدّقوا حالكم أنّكم وزراء، وتختفون عن الأنظار. زوروني دائماً».

بعد مغادرة الجميع منزلها نظرت إليّ بوجه بشوش تسألني:

– هل أعجبتك السهرة يا فرح؟

– هي جميلة بطيبة الحضور. لكن أشعر دائما أنّ مجتمعنا يهدر كلّ شيء حتى الوقت!

– لم أفهم ما تعنيه يا فرح!

– أعني، لو أنّ كل شخص ينتبه لنفسه، ويتعب على تحسين وضعه لكان المجتمع بألف خير.

– يا فرح. جميعهم عاطلون عن العمل، ولا يسمع صوتهم أحد. يبحثون عن مكان يعبّرون فيه عن رأي.

***

16

بعد أن عدت إلى البيت قبل يومين كانت سيلفا لا تزال مع أبيها، ولم أشاهدها. كم اشتقت لها؛ وشعوري أنّ هذه الطفلة أجمل ما في هذا الوجود. مفاجأة كانت صادمة، ولم تكن متوقّعة عندما قال لي ماهر أبو سيلفا:

«إنّ ابنتي ستكمل آخر هذا الأسبوع، ثلاث سنوات في حضانتك. أشكرك يا فرح على اهتمامك، ومحبّتك التي وهبتيها إيّاها».

لم أستطع أن أعبّر عن شعوري حيال هذا الإطراء. كان بالنسبة لي موقف صعب. حاولت أن أحبس دموعي، التي طفرت منّي تلك اللحظة. اكتفيت بأن أضمّ سيلفا وأقبّلها، وهي تتشبّث بي، ثم انفجرت بالبكاء، وانهمرت دموعها غزيرة، على وجهي. راحت تشدّ على رقبتي بعناق طفوليّ حارّ، وهي تصرخ:

«لن أذهب معك يا بابا. سأبقى هنا مع فرح!».

راح ماهر يلاطفها، ويقول لها:

«في يوم الغد سنحتفل بعيد ميلادك مع الخالة فرح، وسأحضر لك الكيك والشموع الثلاث، وأنت ستطفئينها!».

كان ماهر يحبس دموعه التي تبرق في عينيه. لم يستطع أن يخفي ما في داخله من حزن تراكم مع الزمن، الذي غدر به، وحرمه زوجته تاركة له هذه الطفلة الجميلة، لتذكّره بها دائماً.

راح يسألني بعد أن هدأت سيلفا:

«ما هو الحلّ برأيك يا فرح؟». ثم يجيب على تساؤله، حين رآني قد لذت بالصمت بعد أن أعياني الجواب، «أود أن تبقى سيلفا في حضانتك، ريثما نجد حلاً حول من سيرعاها». عندها أخذت نفساً عميقاً كان مكبوتاً في صدري، وابتسمت أستبدل دموع الحزن بدموع الفرح بوجود سيلفا معي. حبّذا لو تكون معي دائماً فكم ستخفّف عنّي من عبء العمل في البيوت. عمل لا أستطيع تحمّله غالباً؛ كيف كنت أنظّف الوسخ، من تحت إحدى النساء اللواتي عملت في منازلهنّ، وهي ترفع رجليها بوجهي ولم تكترث بي، ولم تنتظر لحظة ريثما أنتهي من تنظيف المكان الذي تجلس فيه، وهي تحمل جهاز التواصل، وتعيش حياة افتراضيّة، وأطفالها مع المربية، التي هي مسؤولة عنهم بكلّ شيء: تربيتهم وطعامهم وتنظيفهم، ولا تخرج من بيتها إلاّ في المساء عندما تؤمّن عليهم أنهم ناموا، وتأتي في الصباح عندما يستيقظون من النوم؛ وأنا أحدّث نفسي كيف أنّ الكثيرين من الأطفال حرموا حنان والدتهم، وهي موجودة معهم!

لحظتها أواسي ذاتي: أنّ ذنب أمّي كان أخفّ من ذنب هذه المرأة. أطفالها أمامها، ولا تهتمّ بهم أبداً!

يا ترى متى يشعر الطفل بعطف وحنان والدته، وهو في هذه الحالة؟ وكيف سيصبح في المستقبل يا ترى؟

من سيتذكّر أكثر. والدته أم المربية؟!

أمّا سيلفا فكانت تسأل وتكرّر: متى يأتي أبي ليحضّر لي الكيك الذي وعدني به أمس؟ ثم أصرّت أن تخرج إلى الشرفة لتنتظر والدها، وعيناها تراقب الشارع بانتظار لحظة فرحها. راحت تشرح لي كيف تطفئ الشموع، وأنّها أصبحت كبيرة، وأنّها في اليوم التالي ستكبر أكثر. ثم دخلت الغرفة مسرعة، وانتعلت كعبي العالي، وهي تطرق الأرض بها، وتميل يميناً وشمالاً، وتهوي إلى الأرض، وما زالت تؤكّد لي بأنّها أصبحت كبيرة.

حان موعد ذهابها إلى الروضة، وهي تصف ما الذي ستلبسه من ثياب، وتتخيّل كيف ستحمل حقيبتها المدرسيّة، وطلبت منّي أن أذهب معها، وأجلس بجانبها على المقعد، وأنا أسايرها ريثما يأتي وقت مجيء والدها كما أنّي أتخيّل بأن لا فرق بين الصغار والكبار في وقتنا هذا إلاّ بما يحلمون.

حلم الصغار بقطعة حلوى، وبأشياء لا تتعدى الدمى، والألبسة؛ والكبار أحلامهم هباء، فالماضي لا يعود. يحاول الكبار في وقتنا هذا، والمليء بالمآسي أن يخفّفوا من أعباء الحياة التي تحكمهم بسبب الحرب، والوباء، الذي ما يزال يتفشّى في كل مكان، وأُضيف إليه علينا حصار قيصر؛ كما أنّه لا يختلف عن تجّار الأزمات الذين عاثوا بالبلد فساداً. مع كل ما يحدث، ما زلت أزرع في الشرفات ريحاناً لتداعبه نسائم النهار. أسرق من الأمل ابتسامة، ومن الحلم أملاً حين أرى زهرة تتفتّح. أفتش في الرماد عن سنبلة يحوم فوقها الطير. أبحث في الركام عن مرآة تخبّئ ابتسامة طفل، وأتحلى بالصبر بأمل منتظر.

المفاجآت التي لا تخطر على بال، ولا يتصوّرها عقل جعلت المستقبل مجهولاً في هذه الظروف. أحاطت جيل الشباب باليأس. أصبح الشاب يعجز عن أبسط الأشياء لو خاتماً لخطيبته، التي تنتظره لينتهي من الحجر الصحّي، في بلاد الغربة بسبب جائحة الكورونا (كوڤيد 19)، ثم حلّ قانون قيصر ليقضي على أحلام بعضهم بأن يعودوا إلى الوطن، في الوقت الذي هم يحدّدونه.

تذهب أفكاري يميناً وشمالاً، وأنا أراقب سيلفا، وهي تصيح كلّما شاهدت رجلاً من بعيد: «إجا بابا»..

لكنّها سرعان ما تُصاب بخيبة أمل حين يصبح قريباً منها لأنّها كانت مخطئة. يمضي الوقت المحدّد ولم يأتِ ماهر!

سيلفا لم تقطع الآمل، وما زالت تنتظر والدها. حتى أخذها النعاس، ثم غفت، وطول الليل تُهذي بما لم تحقّقه في اليقظة.

استغربت عدم مجيء ماهر. أعلم بأنّه دقيق بمواعيده. لعلّ ضرورة ما كانت السبب!

ينقضي يومان، ولم يأتِ، ولم يردّ على اتّصالاتي بواسطة الجوّال. لا شكّ كان جوّاله مقفلاً، ولا ندري السبب. احتمالات كثيرة كنت أتوقّعها كسبب لغيابه. كنت أودّ بأن أُعلم الجهات المختصّة من أجل البحث عنه؛ لكنّي لا أحمل أيّ صفة تخوّلني بهذا، سوى أنّي مربية لطفلته، وبشكل غير رسميّ، على الرغم من أنّ في داخلي الكثير من مشاعر لم أجرؤ على البوح بها لأحد حتى لماهر نفسه. هو لا يعلم الكمّ الهائل، من المشاعر التي تتوهّج في صدري، وأخفيها عنه، وأنتظره كما تنتظره سيلفا؛ لكن أختلف عنها كثيراً؛ فهي تنتظر الكيك والشموع، وأنا أنتظر إنساناً رسمته

في حياتي، وفي حنايا قلبي، وأشعر به بكلّ حواسي؛ لكن الحيرة والتردّد، في معاملة الجنس الأخر، جعلاني لا أستطيع الخروج من هذه الدائرة، إلاّ في اللجوء إلى النوم المبكّر. لكن النوم جافاني، ومضيت ليلتي أتقلّب، وأتسلّى بمداعبة شعر سيلفا على أمل أن تستيقظ، وتسلّيني في هذا الليل، الذي طال كثيراً، وأنا انتظر بزوغ الفجر. آه. كم أحسد حتى سيلفا على نومها العميق!

أشرقت روحي عندما شهدت خيوط الشمس تشعّ من حولي، لأنهض، وأحضر زجاجة الحليب لسيلفا، وأضعها إلى جانبها كي تتناولها عندما تستيقظ، وأنا أيضاً أغلي قهوتي وأخرج، إلى الشرفة لأتناولها، في الهواء الطلق، وأنتعش بنسائم الصباح، وأستمتع بصوت فيروز الملائكيّ، الذي يريح الأعصاب.

كنت متوقّعة بأنّي الوحيدة مستيقظة باكراً، ونسيت العاشقين الذين دائماً أشاهدهما يغازلان بعضهما، من شرفتيهما عن بعد. وكلّ منهما يسبح بأحلامه الخاصّة. الفتاة تضع أمامها دفتراً، وعينها على الشاب، الذي يتمشّى، في الشرفة، والكتاب في يده، وعيناه تراقب الفتاة، التي دخلت المطبخ، وأحضرت فنجانين من القهوة، وراحت تدعوه بإشارات خجولة كي يتناول القهوة معها، وهو يشير لها بيده متمنيّاً أنّه لو يستطيع. يشير لها أن ترتشف الاثنين عنه وعنها، ثم دخل الشاب، ولبس الكمّامة مشيراً لها بأنّه يخاف عليها من الكورونا. غابت قليلاً وعادت بكمّامة مبرهنة له بأنّها أطاعته، وأشارت له بأنّها أيضاً تخاف عليه من الكورونا. هكذا يتكرّر المشهد كلّ يوم بطريقة مختلفة عن الأخرى. يلتقيان عند حاوية بحجة أنّهما يخرجان لإلقاء القمامة، ثم يقفان تفصلهما مسافة

تعبيراً عن خوفهما على بعضهما من الكورونا، التي لا تعرف الحبّ والعشق، ولا تميّز بين العاشق، وغير العاشق. صوت سيلفا، التي صحت من نومها للتوّ يعلو، وكأنّما تتشاجر مع أحد!

دخلت الغرفة مسرعة فوجدتها تتشاجر مع القطّة، التي دخلت من النافذة، وخطفت زجاجة الحليب من جانبها، وراحت ترضع وتتمتّع برضاعتها كطفل رضيع، وسيلفا تمسك بالزجاجة محاولة انتزاعها منها، فلم تستطع تغلبت على سيلفا، وخطفت زجاجة الحليب وقفزت بها إلى النافذة. كان حظّها سيئاً. اصطدمت الزجاجة بحديد النافذة، فتشظّت، واندلق الحليب على الأرض.

قفزت القطّة إلى الخارج ومواؤها الحزين يعلو. عندها تذكّرت المثل المحلّي الذي يقول: (القط المخرّب بيطلع من الطاقة) كم من مخرّبين في هذا البلد يخرجون من خرم الإبرة، وليس من النافذة أمام عيون الجميع، وينسلّون كما تُنسل الشعرة من العجين. الخير والشرّ موجودان في كلّ زمان ومكان، وفي جميع الكائنات؛ لكن بعضهم لا يوجد جمال في داخلهم، حتّى أنّ وجودهم عبء على المجتمع.

بهذا الزمن لا يوجد فرق بين بعض من الناس، وبين وحوش البريّة. جميعهم مفترسون. فقط الفرق بطريقة الافتراس المختلفة. أحياناً تتعب على كلب في التربية، فيبقى وفيّاً لك طول العمر، ولا ينسى يوماً الخبز الذي أطعمته إيّاه. بينما بعض الناس تأكل ثم تبصق في الإناء، الذي تأكل منه زادك!

وما زالت سيلفا تسأل عن والدها، الذي تنتظره منذ يومين ولم يأتِ.

خرجت من المنزل إلى الشارع، كي تنتظر والدها لعلّه يأتي.

شاهدت أطفال الحارة، وهم أكبر منها سنّا يلعبون في الشارع. أسرعت إليهم كي تلعب معهم، ولسوء طالعها عطست عند وصولها إليهم. يبدو أنّ خروجها من جوّ البيت الدافئ، إلى الخارج فجأة، كان السبب بعطسها هذا. صاح الأولاد:

(كورونا.. كورونا) بصوت عالٍ!

وبسرعة قصوى هرب الأولاد، وابتعدوا عنها. وقفت تنظر لي وهي صامته، وفي عينيها سؤال، واستغراب: ما الذي حدث؟! ولم تستوعب ما الذي يحدث. حتى أنا أعجز بأن أوصل لها ما الذي حدث. لم يكن لها تعبيراً غير أنّها قد انفجرت بالبكاء.

عدت بها إلى المنزل. تناولت زجاجة الحليب الاحتياطيّة، ثم ركضت نحو الباب. أغلقته معبّرة عن خوفها من القطّة أن تعود مرّة ثانية، وتقتنص منها زجاجة الحليب.

تلك اللحظات أعادت ذاكرتي إلى الوراء. تخيّلت الكثير من مشاهد الحرب، وهي تحدث أمام عينيّ، وكيف يركض الصغار مذعورين عند حدوث انفجار. ردّ فعلهم يكون أشدّ منه عند الكبار. حيث يركض بعضهم باتّجاه الحدث من باب الفضول. الرعب تسلّل إلى عقول وقلوب الصغار، حتّى باتت (عطسة) طفل تفعل فعلها السلبيّ فيهم.

ليلاً يؤنسني ضوء نافذة الجيران المقابلة لنافذتي، ونهاراً شرفة البيت هي المتنفّس الوحيد لي ولسيلفا. ويفرح قلبي عندما أشاهد عاشقين يتغزلّان وكلٌّ منهما في شرفته بلغة الصمّ. لكن في يوم آخر كانت الفتاة وحيدة حائرة تفتقد الشاب على غير عادتها،

فالشاب لم يخرج من غرفته إلى الشرفة. كانت الفتاة متوتّرة تدخل، وتخرج إلى الشرفة قلقة مضطربة. كانت أحياناً تستخدم جوّالها ثم ترميه بنزق على طاولة صغيرة مركونة في زاوية الشرفة بدليل أنّ الفتى لا يردّ عليها. أترك هذا المشهد وأدخل غرفتي، والفتاة على حالها قلقة تدخل قليلاً إلى غرفتها، وتعود إلى الشرفة، وعيناها تتفقّد الشابّ، الذي لم يظهر لها كعادته.

أستيقظ صباحاً، وأخرج إلى شرفتي لأستنشق الهواء الطلق، والفتاة ما زالت على شرفتها. لا شكّ أنّها لم تنم قلقاً عليه، ولا تعلم السبب. ربّما كان السؤال المؤلم لا يبرح رأسها: ما الذي حدث له حتّى لم يعد يظهر لي؟!

غابت قليلاً داخل غرفتها، وعادت إلى الترقّب، والأمل، الذي لا يستطيع الإنسان العيش دونه. عيناها تراقب شرفة الشابّ، الذي لم يخرج من غرفته كعادته. خاب ظنّها، فدخلت غرفتها، وأغلقت الباب بعصبيّة، ونقلت إليّ يأسها من أن أراهما إلى عهدهما في الغزل

الوباء الذي قضى على الكثير من العادات والتقاليد يعجز على أن يخترق قلب عاشقين، ولا يستطيع أن يفرّق بينهما. ليس بالضرورة أن تكون عاشقاً؛ فالوطن عشق. الابن عشق. الأب عشق. الأمّ أجمل عشق. المهمّ أن يكون تحت أضلاعنا ما ينبض بشيء اسمه حبّ. الحبّ لا يعرف كبيراً أو صغيراً، ولا يقف عند معتقد أو دين أو عرق، وأجمل ما فيه أنه حرّ دون قيود، ولا يعرف الحدود. وأجمل ما في الحبّ ليست الكلمات إنّما المواقف.

***

17

أفكار كثيرة لم أستطع حسمها، وأتردّد كثيراً بذلك. أسأل نفسي: لماذا نحن موجودون، ومن أجل من؟ ألنحمل الذكريات، وبلحظة قصيرة تذهب مع الريح!؟ التفكير بالمستقبل خياليٌّ. نبحث دائماً عنه بين كراكيب الحياة. أشعر أنّ وجودنا في هذه الحياة من أجل الغير ليس إلاّ أن نجعل حياتهم أفضل، لكنّنا ننسى أنفسنا مهما كنّا أقوياء. ونمرّ بنقطة ضعف في العواطف والعقل أحياناً، وفي الوقت غير المناسب، وننهض من جديد، ونحقّق ما نسعى إليه.

غياب ماهر كان نقطة ضعفي.

لم أجد جواباً أقنع نفسي به، وأقنع سيلفا أين والدها، ومتى يعود. لابدّ في هذه الحالة من كذبة بيضاء عليها. يا ليتني أنا كذلك أصدّق هذه الكذبة لأعيش على أمل أن يأتي ماهر. يخفّف عنّي مسؤولية ابنته. لأنّي أشعر بضيق في صدري، وأحتاج إلى الهواء الطلق.

السلامة النفسيّة في المرتبة الأولى. أيّ شيء يحاول النيل مني؛ حتى وإن كنت أحبّه أحاول أن أبتعد عنه.

لكن حبّه دخل قلبي! مع أنّي أحترس كلّ الاحتراس ممّن يساورني الشكّ بهم. ربما ماهر وحده كان البطل الأسطوريّ لقصّة حبّ، أو يكون كابوساً قادماً لأيّام عمري. ربّما يخيب أملي به، ويكسر قلبي، ويُبكي عيوني، ويمزّق ذاكرتي .....

لم أر رجلاً يلزم السرير حداداً على امرأة. دائماً الرجل ينسى المرأة بامرأة أخرى. يجب أن أكون على حذر دائماً.

بدلاً من أن أموت باسم الحبّ الزائف، وأنا على قيد الحياة.

... الحياة واسعة لكنّ الإنسان يضيّقها على نفسه عندما يظنّ أن سعادته مرتبطة بأشياء معيّنة.

ضاق بي العيش بغياب ماهر، الذي أغناني عن العمل، وانعكس عليّ ذلك، فأصبحت كسولة، واتكاليّة، وأنتظر ماهر لينقذني ممّا أنا فيه؛ كما أنّي أصبحت منطوية على نفسي بسبب عزلتي عن الناس.

لا بد لي من أن أنخرط في المجتمع من جديد، ولا أظلّ متردّدة؛ فأنا لست ضعيفة إلى هذا الحدّ. أنا أملك القوّة، التي هي ردّ فعل طبيعي، حين يجد المرء نفسه محاصراً. عليّ أن أبرهن للمجتمع بأنّي أختلف عمّن أنجبتني، وأثبت للمجتمع الذي لم ينسَ يوماً واقعي، ولم يغيّر نظرته السلبيّة لي. حتّى أمّي رفضت أن تعود إلى البلد، وهاجرت كي تبتعد عن القيل والقال، والنميمة التي تشغل بعض الناس.

أخذني النعاس وأنا في حالة من الحيرة والتردّد. وكعادتي قبل أن يغفو لي جفن كنت أتصفّح الفيسبوك، وأفتّش عن اسم أمّي فقط لأنّي لا أعرف صورتها، التي يجب أن تكون مختزنة في

ذاكرتي، وتأخذني أفكاري إلى نهاية سعيدة رسمتها في خيالي. هنا كانت المفاجأة عندما تكلّمنا مع بعض على الهاتف. كنّا نتحدّث بلغة الصمت، التي تُفهم دون كلام، من شدة القهر والحزن المختزن يتفجّر بالبكاء، وصوتها كان يهمس بأذني لأوّل مرّة، وهي تعتذر لي كيف تخلّت عنّي، وتبرّر الأسباب؛ كما أنّها توصيني أن أنتبه لنفسي!

لم أتوقّع ردّ فعلي أن يكون عنيفاً إلى هذه الدرجة! كنت متوهّجة كالحريق، وفي الوقت ذاته لا أتحمّل ولو وخزة دبّوس.

يعلو صوتي ولم أستطع أن أتحكّم بأعصابي، وهي تقول لي: انتبهي لنفسك!

«الآن تقولي لي انتبهي لنفسك»؟!

أنا لم أعد الطفلة التي جنيتِ عليها، وألقيتِ بها في العراء، وتركتها للوحوش الكاسرة، وهي تصرخ، وتفتّش عن ثدي يُرضعها.

أنت لا تعلمين كيف تخرج من الفم كلمة أمّ! تطبق الشفتين على بعضهما، فتعني القبلة التي فقدتها منك. مثلما فقدت لمسة الحنان عندما أمرض، وأقضي الليل قلقة، وأنا أناديك..

مثلما فقدت نومي في حضنك، وأنت تداعبين شعري.

أنا لم أعد الطفلة فرح، التي تلعب في الحارة وحيدة منبوذة.

كم تمنّيت أن أعيش طفولتي كبقيّة الأطفال، وأمّي هي التي توقظني باكراً، وتعدّ لي سندويشة الزعتر، وتضعها في حقيبتي، وتغسل لي وجهي، وتمشّط لي شعري، وأذهب مع رفاقي إلى المدرسة. أنت من حرمني أعيش طفولتي، التي عشتها في ضياع. مشرّدة بأفكاري، حتى لا أستطيع أن أدافع عن نفسي.

حرمتني من كلّ شيء جميل.

أنا الآن استوعبت كلّ شيء، وكلّ ما كان الناس يقولونه عنك، وكيف ينظرون لي بسخرية.

أنا فرح التي لم تعش أيّام فرح إلاّ مع قرقعة الأواني، التي تحفظ كرامتي، وتبقيني على قيد الأمل.

مع كلّ هذا لم أنسك يوماً مثلما أنت نسيتِ.

الربّ لم ينسني. عوّض لي بأمّ بسّام، التي ربّتني، وتعبت من أجلي، وعلّمتني دون مدرسة. لا يحقّ لي دخول المدارس لأنّي مجهولة النسب؛ وبعد أن فقدت أمّ بسّام عدت مشرّدة. أدخل بيوتاً لا أعرفها كي أعيش.

هي التي تستحق كلمة أمّ، وليس أنتِ! لن أسامحك يوماً، ولن أسامحك أبداً!

انفجرت بوجهي، وهي تصرخ بصوت كاد أن يمزّق طبلة أذني: دعيني أتكلّم يا فرح. أنا ما نسيتكِ يوماً. دائماً كنت أتسقّط أخبارك. أطمئنّ عنك، وأنت في بيت أم بسّام، التي أعرفها جيّداً. هي المرأة التي أطمئنّ عليك في بيتها.

تقاطعها فرح قائلة:

- الأمومة رسالة وأنت لم تكمليها!

الأمّ ليست من تنجب طفلاً، وترميه في الشارع. الأمّ هي من تربّي وتعلم وتتعب وتضحّي وتسهر..

كان حلمي دائماً أن أشاهدك أو أتكلّم معك وأضمّك، وقبل ذلك كنت صغيرة دائما أبرّر لك ما فعلتِ لأنّي لا أعلم

كيف كانت ظروفك إلاّ من كلام الناس. أما الآن لن أسامحك.

لن أسامحك. لن أسامحك!

أنا الآن لست البنت الصغيرة المجهولة. أنا فرح التي شقيت وتعبت وتحمّلت ودخلت بيوت الناس لتعمل وتتحمّل أوامرهم، من أجل لقمة عيش نظيفة، وتعرّضت إلى الكثير من ضعاف النفوس الذين حاولوا استغلالي.

مهنة اللفّاية كانت مدرسة لي أعطتني دروساً مهمّة. تعلّمت منها الكثير، من خلال مخالطتي كلّ أشكال الناس.

أنا الآن فرح التي تفتّش دائماً عن الفرح وتحقّق ما تتمنّى.

نتيجة انفعالي الشديد تلعثمت بالكلام، وجفّ لعابي، واصطكّت أسناني قهراً. أصبحت عاجزة عن ابتلاع ريقي. رحت أتقلّب في فراشي، وكأنّما الجوّال سقط من يدي. رحت أبحث عنه حولي. مسكته بيدي وتابعت الكلام مع أمّي: ألو ألو ألو. لم تردّ. ألقيته بكلّ قوّتي فضرب بالحائط، وصحوت على انفراطه، وبعثرة أجزائه على الأرض. كما صحت سيلفا من نومها، وهي تصرخ ولا تعلم ما الذي يحصل.

لا بد لي أن أخرج مع سيلفا إلى شرفة المنزل، التي هي المتنفّس الوحيد لي. أشرب القهوة لأصحو وأتذكّر الحلم والكابوس، الذي يشغلني في النهار والليل.

كانت أصوات التهاني والفرح والبهجة تسمع من هنا وهناك، وجارتي الفتاة على شرفتها تنظر إلى أسفل الشارع، وبسمتها تغمر وجهها، وهي تلّوح بيدها معبّرة عن فرحها.

أحسست أنّها قد رأت الشاب، الذي كانت تتفقّده بالنظر إلى شرفته، وتستأنس به دائماً دون كلام.

تأكّد لي من خلال الكلام المتبادل بينه، وبين ذويه، أنّ الشاب كان مريضاً بالكورونا، وكان في الحجر الصحيّ، وعاد بعد أن تعافى بعد وصوله مباشرة خرج إلى الشرفة، وعينه مع فتاته، التي كانت تنتظر متوقّعة أن يخرج ليشاهدها.

كانت تنتظر إليه بصمت، وهو أيضا نظراته لها تعبّر عن شوقه للقائها؛ هذا يدلّ على أن الخرس العاطفيّ بينهما هو الأقوى.

حين تكون الأمّهات والآباء شحيحين في التعبير، عن مشاعر الحبّ لأطفالهم ينشأ أطفالهم فقراء في التعبير عمّا يضجّ فيهم من مشاعر صادقة؛ رغم ذلك فهم يكتمون الكثير، من مشاعرهم لأنّهم لم يتعوّدوا على إخراجها في الوقت المناسب.

الخرس العاطفي ليس ما افتقدته فرح فقط نتيجة فقدان الأمّ والأب؛ هنا أُناس يفتقدون له مع أنّهم يعيشون في أحضان أهلهم، والأسباب متعدّدة!

***

18

بدت فرح متوتّرة عندما اتّصلت مع أخت ماهر، لتطمئنّ عن أخيها ماهر، وإذْ بها تعلم سبب غيابه الطويل، فتقول في سرّها: ماهر لم يخبرني أين هو، فكانت صدمة غير متوقعة بالنسبة لي بأنّه لقي مصرعه، وهو يخمد الحريق، الذي شبّ في الساحل السوريّ، وفي كرم الزيتون الذي يملكه.

تابعت أخت ماهر تخبرني أنّه عندما سمع خبر الحرائق، التي شبّت في غابات، وبساتين الساحل سافر في منتصف الليل إلى القرية، التي تبعد مئات الكيلومترات عن مكان سكنه ليموت في أرضه، التي هي أمله الوحيد، وكان قد أخبرني أنّه أخفى عنك يا فرح قصّة السفر المفاجئ خوفاً عليك من أن تقلقي بشأنه. كما أنّه كان يخبرني دائماً أنّه مسرور بمعرفتك وبالمحبّة، التي تهبينها لابنته سيلفا، وينتظر الفرصة ليطلب يدك، كما أنّه كان يخطّط للزواج منكِ في موسم قطاف الزيتون لو نال موافقتك يا فرح. أخبرتني أخته أيضاً بأنّها قادمة لتأخذ سيلفا، وانتهت المكالمة على بكاء كلّ منّا.

هل سينتهي حلمي الذي من أجله أحيا؟

كلّ الصعوبات التي حدثت معي تغلّبت عليها، ولم أُهزم من داخلي المشتّت، ورسمت طريقاً أسير عليه لأكمل ما أطمح إليه بخطى أقوى من الأشواك ووعورة الطريق. سأستمر حتّى أصل ما دمت قد عرفت ذاتي، وما الذي أحتاجه، والسبيل إلى الحصول عليه

مع هذا لن أخفي بأنّي ضعفت جدًّا بعد فراق سيلفا، التي أخذت معها كلّ شيء جميل صنعته، على مدى أربع سنوات من عمري. كانت سيلفا جميلة بوجودها معي، ومعها تعلّمت معنى الأمومة، التي تكمن بالتربية وليس بالإنجاب.

فقد سيلفا ببعدها عنّي لم يكن بالحسبان؛ لكن القدر أقوى ممّا نتوقّع. ما تزال عيوني تذرف دموعاً ساخنة على فراق سيلفا. أتذكّرها وهي تتشبّث بثيابي، وترفض الذهاب مع عمّتها، ومغادرة المكان، الذي احتضنها، وتعوّدت على العيش فيه.

ما زال صوتها وهي تناغي ألعابها في مسمعي. وابتهاجها يفرح قلبي. وفرحها يبرق في عيوني. وما زلت ألتقط دموعي على فراقها، وأشعر أنّها جزء منّي، وأعجز عن الحصول عليه.

لم يكن لي غير أن أخرج من البيت، الذي امتلأ بالطاقة السلبيّة، وأظلم في وجهي وسط النهار، وضاق بي. رحت أفتّش بذاكرتي، التي أختزن فيها كلّ شيء جميل. وجدت الخالة أمّ صالح، فهي من سيساعدني، ويخفّف عنّي أعباء الحياة.

راحت أمّ صالح تلوم نفسها لعدم زيارتي لها معبّرة عن شوقها لي. قلت لها: وأنا كذلك في أحرّ الشوق لك؛ لكنّ الظروف دعتني أبتعد عنك.

_ هل بُعدك عنّي هو بسبب الكورونا يا فرح؟ خالتك أمّ صالح لم تخف من الكورونا، ولا تحسب لها حساب. نحن نؤمن بما كُتب لنا من عمر محتوم، ورزق مقسوم يا فرح. ظننت أنّك قد ذهبت إلى مكان آخر!

- إلى أين سأذهب يا أمّ صالح، وأنا أفتّش عن بلدة فيها الهدوء والأمان فلم أجد؟!. هكذا كُتب علينا أن نعيش حياة قلقة بمستقبل مجهول؛ كنت أحتضن مولودة توفيت والدتها وهي تلدها. كلّ هذه الفترة ملأت لي وقتي، وأغنتني عن العمل في بيوت الناس، ونظرتهم الساخرة لي؛ حتّى شاء القدر وقضى والدها في الحرائق، التي شبّت في غابات الساحل، وهو يحاول إخماد النار بما تبقّى من أشجار الزيتون في أرضه.

- يا فرح. هذه الحرب قد أحرقت الأشجار، وحرمت أصحابها من مورد رزقهم، وضيّعت تعبهم وعرق جبينهم، وأملهم بلقمة عيشهم، حرقت قلوبنا عليهم؛ والآن، كيف تؤمّنين دخلاً تعيشين منه، في هذه الأيام الصعبة؟ هي صعبة على من يأكل لقمة العيش من عرق جبينه. لكنّها سهلة جدّا على بعض الناس، الذين كانوا لا يملكون شيئاً، وفي هذه الظروف أصبحوا يملكون الكثير إلاّ كرامتهم، وهم يتاجرون بكل شيء محرّم!

- صدقتِ بما تقولينه يا أمّ صالح! أمّا أنا فقد عدت أبحث عن عمل. بعد أن ذهبت الطفلة سيلفا مع عمّتها لتعيش معها. وفي غيابها ضاقت بي كلّ الأماكن، التي تذكّرني بها، وقد غدت دون أمّ ودون أب. يبدو أنّ حظّي في هذه الدنيا تحمّل كلّ الصعوبات حتّى أدخل الجامعة. لم يبق إلاّ القليل حتّى تبدأ

امتحانات الثانويّة. ادعي لي أن أحصل على علامات تؤهّلني أن أدرس الفرع الذي أطمح إليه.

- الربّ يوفّقك، وتتابعين ما تتمنّين. اطمئني. لسوف أعطيك عنوان عائلة بحاجة لمن تعمل لديهم. أتمنّى أن تشعر هذه الأسرة بشعورك.

أخبريني عنك يا أمّ صالح. دائماً أتذكّر السهرة الجميلة عندما شكّلت الحكومة الافتراضيّة! هل أمّنت لك عيشاً تفخرين به؟ ما هي نشاطاتك الاجتماعية؟

الحكومة الجديدة زادت الطين بلّة، والآن نترحّم عمّا مضى. أنا لم أعد مثلما كنت يا فرح. كبرت، ولا يليق بي شيء أفعله. سأخبرك عمّا حصل معي: زرت صديقة لي في الحارة، ولمّا خرجت من بيتها عائدة إلى بيتي أصابني دوار، وضيّعت الجهات. رحت ألفّ، وأدور دون أن أهتدي، والشمس على وشك الغروب. كما غابت ذاكرتي، وشعرت كأنّي لأوّل مرة أشاهد الحارة. ألتقي الجيران. أخجل أن اسألهم: أين بيتي؟ أقف قليلاً ربّما أتذكّر. ففي هذه اللحظة خشيت أن أكون قد فقدت ذاكرتي نهائيّاً؛ وإلاّ بجارنا يقترب منّي، ينظر لي مستغرباً حيرتي.

يبدو أنّه لاحظ تردّدي، في السير نحو جهة محدّدة. ألقى السلام عليّ وسألني: هل تبحثين عن شيء قد فقدته يا أمّ صالح؟ أجبته لا أبداً. لم أقل له رأسي تدور، ولا أعرف الطريق. أجبته مكابرة: أحببت أن أتمشّى!

تابعت السير، وأنا لا أزال في قلب الدوار. رأيت صبيان الحارة يلعبون في ساحتها. شعرت أنّي صحوت من دواري حين

رأيت أطفال الحارة، ومع هذا اصطحبت أحدهم حتّى لا أذهب وحدي إلى البيت.

جلست وأنا مندهشة بما أصابني علماً أنّي عرفت كلّ من شاهدتهم في مشواري. فقط ضيّعت الطريق، والجهات الأربع. كنت متخوّفة من أن يكون ما أصابني هو بداية لمرض الزهايمر.

لم يكتمل المشهد يا فرح لليوم التالي؛ فعندما زارني بعض الجيران ليطمئنوا عني كانت قد وصلتهم الأخبار بأنّي قد فقدت ذاكرتي تماماً. لم يصدّقوا بأنّي منذ تلك اللحظة بكامل صحوي، وكأنّ شيئاً لم يكن. المستغرب أنّ الحارة تتكلّم عن حالتي، وتضيف عليها بعض البهار.

– سلامتك يا خالة أمّ صالح. المهمّ لا تخرجي وحدك بعد الآن. فأنا سأذهب معك إلى أين ترغبين.

... لو سمعت ما أخبرك به عنّي، وأنا من عمر أولاد أحفادك ماذا كنت ستقولين يا أم صالح؟ فأنا فقدت نظّارتي منذ فترة. بحثت عنها في زوايا البيت. لم أعثر عليها. قلت في داخلي: ربّما تكون في الخزانة. فتحت الخزانة. كانت المفاجأة المدهشة عندما شاهدت نفسي في المرآة، والنظّارة على عينيّ!

– ما زلت صغيرة يا فرح على النسيان. يبدو أنّ الظروف التي نمرّ بها هي سبب كلّ ما يصيبنا. لسنا نحن فقط بل الكثيرون. الصبر والتريّث بكلّ شيء حكمة الحياة لنستطيع الاستمرار.

لو تعلمين ما مرّ عليّ يا فرح من هموم لاندهشتِ. ومع كلّ ما حدث ما زلت أقاوم، وأصنع الفكاهة من قلب حزين، كي لا أكون عبئاً على غيري.

أسعى دائماً كي يتقبّلني المجتمع، وأسعد أولادي الذين ربّيتهم بعد أن استشهد والدهم في الحرب، وأنا دائماً أسعى ليكونوا سعداء. لم تكتمل سعادتي بعد أن استشهد لي ولدان شابّان، في الحرب على الإرهاب، التي قضت على من يستحق الحياة، وعادت بنا إلى الوراء في كلّ شيء، حتّى بأفكار بعض الناس الذين لا يخافون الربّ. وما زلنا نصبر على الظلم والقهر والعوز؛ القسم الكبير من شبابنا هاجر، والقسم الأكبر ودّع الحياة، وبناتنا بتن عوانس، وأصبح الفستان الأبيض حلم فرحهن!

تأخّر الوقت. سأودّعك الآن يا أمّ صالح.. إلى لقاء.

يعود الوسواس، ويتمكّن منّي أكثر كلّما أقترب من البيت؛ إذْ كيف أستطيع أن أعيش دون الطفلة سيلفا، وأعيش في هذا البيت الفارغ من كلّ شيء جميل؟!

استقبلتني القطّة، ومواؤها يرتفع. يبدو أنّها جائعة. أسرعت ودخلت البيت أمامي. ومن كلّ الألعاب المبعثرة أمسكت زجاجة الحليب الفارغة، وأسرعت بها إليّ. وضعتها أمامي، وعادت تبحث عن شيء ما قد فقدته بين ألعاب سيلفا ولم تجده.

راحت نحو المطبخ وصعدت إلى المجلى حاملة زجاجة حليب أخرى كنت أستخدمها لسيلفا، وراحت تعبث بها، وكأنها تسألني عن الطفلة الجميلة سيلفا، التي تفقدها مثلي. أتخيّل سيلفا تلعب في زوايا الغرفة، وما زالت ألعابها مبعثرة هنا وهناك. أتخيّلها وهي تداعب القطة، وتختلف معها على زجاجة الحليب. يأتي القدر فجأة ليخيّم الحزن والصمت والسكينة عليّ، ويأخذ منّي الفرحة التي لم تكتمل يوماً.

لم يكن لي غير الدراسة خلال الليل، لأكمل المنهاج، والامتحان على الأبواب، ونهاراً أعود إلى العمل في البيوت كي أعيش.

وعليّ أن أكون حذرة جداً من هذا الفيروس اللعين، الذي حرم الأمّ أن تضمّ وتقبّل أولادها، الذين لم ترهم منذ فترة طويلة. أما كبار السنّ، وهم الخير والبركة أصبحت الحياة لا تعني لهم شيئاً من الخوف وشدّة التهويل والرعب بأنّهم المعنيّون بهذا المرض، وينتظرون نهاية حياتهم. أمّا الملائكة أطفالنا الصغار، فقد أصبحوا هاجساً، وكابوساً للكبار في الخوف، من العدوى بفيروس الكورونا، ويبدو أنّ انتشاره ازداد وبشكل كبير. أصبحنا نستقبل الموت بلا بكاء ونشيّع موتانا بلا عزاء، وندفن موتانا بلا دعاء، ولم يكن لنهاية الحياة إلاّ مسألة وقت. كل هذه المخاوف والأفكار السوداء لا تُنسى.

لم أنسَ قبل أن تغفو عيني أن يكون عندي أمل بأن أجد أمّي ولو في الحلم، ليكون الصباح سعيداً فأكمل يومي، وأنا في غاية السرور. علماً بأنّي متأكّدة أنّها مهاجرة، ولم تفكّر أبداً أن تعود إلى البلد، الذي تركت فيه بذرة من ثمارها، وحمّلتها كلّ أمراض المجتمع الذي لا يرحم؛ حتى في غربتها لا ينساها من كان يعلم قصّتها. لم يخطئ المثل عندما قال (الآباء يأكلون الحصرم والأولاد يضرسون) ويدفعون الثمن غالياً.

وفي اليوم التالي أذهب إلى البيت الذي أخبرتني عنه أمّ صالح بأنّهم بحاجة لمن تعمل في بيتهم .

يبدو أنّهم من الأثرياء جدّاً، ويعيشون بحالة من الترف. هكذا يبدو عليهم قبل أن أعلم عن تفاصيل حياتهم شيئاً. لكن

من أصواتهم العالية، ونقاشاتهم، والغضب الدائم على وجه الآم، وعصبيّتها المستمرة تبيّن لي أنّ هناك مشاكل معقدة صعبة، ولا يجدون لها حلولاً.

أنهي عملي في كل يوم بصمت، وأخاف إذا احتجت شيئاً ما أن أسأل صاحبة البيت، ويكون الردّ بطريقة عنيفة مثلما تتكلّم مع إحدى بناتها (تلك البنت في العشرين تقريباً). حتى جميع أفراد الأسرة ينظرون لهذه الفتاة نظرات مختلفة. هذا ما لفت نظري لهنّ وهي الوحيدة، التي عرفت اسمها من كثرة سماعي النداءات لها: يا سلوى ادخلي الحمّام؛ وكأنّهم يذكّرونها بشيء ما، ولم يخطر ببالي ماذا يعنون!

استغربت طريقة التعامل بالعنف مع هذه الفتاة، وهي ليست غريبة عنهم. هي ابنتهم كما اتّضح لي أيضاً أنّها تدرس في الجامعة، وتلك صورة مغايرة تماماً لها. يا ترى لماذا هذا التعامل بهذه الطريقة. رحت أسأل نفسي، وما من خطأ قد ارتكبته لتكون معاقبة في البيت من الجميع!

حتى أتى يوم وتعرّفت إلى سلوى الجميلة اللطيفة، والمعزولة دائماً في غرفتها، والمثابرة في دراستها، وضجيج أخواتها يعلو في المزاح والضحك، ويعلو صوت والدتها وهي تصرخ بها قائلة لها:

ادخلي غرفتك! فيما أخواتها يكنّ في أجواء مليئة بالفرح!

استغربت وسلوى تناديني خفية عن أنظار والدتها وتهمس بأذني قائلة: «يا فرح عندما تدخلين لترتيب غرفتي ضعي فيها كل شيء جميل ونظيف. دعي غرفتي مثل غرفة أخواتي جميلة. حين أعود من الجامعة سأشاهد الغرفة هكذا».

استغربت الوضع. من الواجب أن تكون هكذا! ظننت أنّها لا تعلم أنّي أهتّم جيّداً بالترتيب والنظافة كوني جديدة في بيتهم.

وكانت المفاجأة بعد أن انتهيت من ترتيب غرف نوم أخواتها، ودخلت لأرتّب غرفة نوم سلوى. لم أصدّق أنّ هذه الغرفة هي في هذا القصر، يبدو فيها كلّ شيء مختلف؛ والأهمّ من ذلك بأنّ فراش سرير سلوى مغلّف بالنايلون ورائحة نتنة تفوح منه، مع أنّي ارتدي الكمّامة شممت ذلك عن بعد. فتحت النافذة، وشرّعتها للهواء، وأخرجت كلّ ما في الغرفة إلى الشرفة. لحسن حظّها كانت أشعّة الشمس حارقة في يوم صيفيّ. يتيح لأشيائها أن تتعقّم، ثم دخلت المطبخ لأنهي عملي فيه ريثما يجفّ الفراش، وتزول الرائحة الرديئة من الغرفة، حتّى أستطيع أن أكمل تنظيفها

كانت أمّ سلوى تعدّ القهوة في المطبخ. انتبهت لي وأنا أفرغ علبة التعقيم على يديّ وثيابي، وأتأكد من إزالة أثر الرائحة القذرة، التي علقت فيهما. نادتني وهي تبتسم: يا فرح. لا أرغب أن يعلم أحد بموضوع سلوى!

رحت أستفسر منها عن أيّ موضوع تتكلّم؟

قالت بأنّ سلوى لديها مشكلة في التبوّل غير الإرادي منذ الولادة. لم أُفاجأ لأنّي كنت متوقّعة ذلك، وتكتّمت، ولم أجبها لأنّي استغربت معاملة الجميع لسلوى، ورأيت أنْ ليس من حقّي أن أتناقش معها بصفتها الأمّ، وأنا الخدّامة خوفاً من أن تصدر منّي أيّة كلمة جارحة. رحت أكمل عملي بصمت، ولكن أفكاري سرقتها هذه الشابّة الجميلة سلوى. تساءلت: كيف ستكمل حياتها بهذا البيت، وهي منفيّة من جميع أهل بيتها، ومحاصرة بنظراتهنّ

الساخرة لها؟ أليس من حقّها أن تنال منهم جميعاً الرعاية، والعطف، والتعامل بالحسنى حتّى تتجاوز محنتها، وتشفى، ولا يشعرها أحد منهم بالنقص والضعف والذل؟

لم أكمل العمل في هذا البيت، ولم أستطع أن أشاهد ما يجري كلّ يوم أمامي، ولست أنا المربية لأتدخّل بشأنها؛ يجب أن أغادر من هنا دون عودة. على عكس ما توقّعت من هذا البيت الثريّ أن يكون معدوماً من البهجة، والمسرّات. هكذا كان قراري. فالثراء بالنتيجة التي خرجت بها لا يحقّق لأصحابه - وهم بهذه الصفات - الفرح، والسعادة.

كنت أتمنّى أن أشاهد سلوى حين تأتي من دوامها، وتشاهد غرفتها. كم ستكون فرحة، وأشاركها فرحتها بهذه التغيّرات، التي طرأت على غرفتها، وخاصّة رائحة النظافة التي تفوح منها.

لم يكن عندي وقت لأنتظرها خوفا من أن تعلم بأنّي ذاهبة دون عودة خوفاً على مشاعرها.

السماء صافية. الشمس في منتصفها، والنسمة الربيعيّة الرقيقة تنشر معها رائحة الأزهار، وهي تنعش قلوباً كئيبة. لفت نظري إعلان في واجهة متجر يعرض ألبسة جميلة تليق بحفلات الفرح. يقول الإعلان بأنّ المتجر بحاجة إلى آنسة للعمل. قلت في داخلي: إنّها فرصة لي، فيما لو وافقوا على تشغيلي. دخلت المحل دون تردّد. كان صاحب المحل يجلس على كرسيّ عريض وراء طاولة من خشب الزان، وسيجارة بفلتر مذهّبة في فمه. قال لي: تفضّلي! بعد أن أخذ نفساً ودفع ما اختزنه من دخان.

أخبرته بأنّي قرأت الإعلان ودخلت.

عدّل من جلوسه، وراح يحدّق بي مستعرضاً شكلي، وأمطرني بأسئلته. لم أنكر عليه شيئاً. فقط قلت له أمّي وأهلي جميعهم فقدتهم في الحرب. كنت أجيبه على الأسئلة، وهو يهزّ برأسه، ولم يكتف. طلب مني البطاقة الشخصيّة. أشرت له بأنّ اسمي الموجود على البطاقة غير معترف فيه. الكلّ يعلم أنّ اسمي فرح. اسم ريعان أتذكّره في الدوائر الرسميّة فقط. سأل لماذا لم تحبّي اسم ريعان؟ ومن اختار لك اسم فرح؟ شرحت له أنّ أمّي هي من اختارته لي. صار عمري ثلاث سنوات، ولم أجب أحداً ينادي لي: يا ريعان! أطلقت على نفسي اسم فرح. لأنّي أحببته. يكفي أنّي لم أستطع أن أختار شيئاً في حياتي. أليس من حقّي أن أختار اسماً أحبّه؟!

عاد يحدّق بي من جديد من أسفل قدميّ، حتى أعلى رأسي، وراح يتلفّت يميناً وشمالاً، ولم يتكلم بشيء!

ومن نظراته لي شعرت بأنّي غير مرغوبة، وما زلت واقفة أمامه لأسمع الردّ سلباً أو إيجاباً. بعد لحظة صمت. هزّ برأسه قائلاً لي: عودي في يوم غد لعلّه خير.

وصلت البيت ورحت أستعرض ملابسي، التي ألبسها في حال وافق على أن أعمل لديه. لم أجد منها شيئاً لائقاً، فبعضها ممزّق والبعض الآخر من هنا وهناك، ولم تكن بمقاسي. رحت أتخيّل نظراته لي، وكأنّه يخبرني أنّ منظري بهذه الثياب البالية لا يليق أن أعمل في محلّه الفخم.

استلقيت على الفراش وأفكاري تشغلني كيف أستطيع أن اشتري ملابس جديدة تليق بهذا العمل؟

ألهمتني الفكرة لأكتب ما في خاطري من عناء. يطول الليل وفي روحي نور يقهر الظلام. كما تطول غربة الروح، وفي قلبي لهيب الأشواق. يطول الصمت وأفكاري تشتبك بالأسئلة الصعبة، يطول المرض، ونقابله بالصبر. يطول الحصار، وقبضة أيدينا القويّة تكسر أقفاله الثقيلة. تطول الحرب، ونقابلها بانتظار السلام.

يطول الكلام، ولا جدوى، من الصراخ، في هذا الزمن الأصمّ. يطول الانتظار، ولن أكفّ عن البحث عن أمّي. هي التي ستنير ظلام ليلي، وتطفئ لهيب أشواقي، وتجيبني عن الأسئلة الصعبة، وتخفّف آلامي. هي كلّ الأمان والسلام، وعندها ينتهي الكلام. ألجأ إلى الكتاب؛ فهو الذي يقودني إلى عالم آخر أسبح في فضائه، وأتعرّف إلى حياة، وعادات، وطباع، وتجارب الشعوب من خلاله

إبريق الشاي الفارغ قبالة عينيّ. سارعت، وأعددت كوباً يساعدني على التركيز أكثر، وأن أتابع قراءة رواية بين يديّ أحببتها لما لمست فيها من مشاعر صادقة، وأفعال عفويّة يتصرّف بها الكاتب دون تعقيدات للأمور، وعدم اهتمامه بالعادات البالية، وهو يقتنع تماما بأنّها لا تزيد شيئاً على الحياة اليوميّة أيضاً، ولا تنقص منها شيئاً عندما نكون صادقين بمشاعرنا، ونعبّر عمّا يوحي لنا داخلنا دون غموض لنعمل الخير دائماً. أحب أن يطول سهري ليداهمني نعاس شديد. لأستمرّ بحياة افتراضيّة، وأبتعد عن واقع مرير فرض عليّ، وأهرب من النوم والكوابيس، التي لا تفارقني أبداً.

أستيقظ كلّ يوم ونفس الأسئلة تراودني: لماذا خلقت على هامش الحياة، وكيف أستطيع أن أغيّر نظرة الناس لي حول ذنب ارتكبته أمّي!؟

هواجس كثيرة تدفعني بقوّة أن أدخل الجامعة، وأرسم مستقبلي بيدي، التي تعبت من التنظيف في بيوت الناس. لم يبقى لي من الوقت غير قليل لأتناول فطوري، وأعود إلى صاحب المحلّ الذي وعدني بالعمل. يا ترى هل يقبلني في العمل، أو سينظر لي النظرات الساخرة بسبب ثيابي؟!

***

في الطريق إلى المحلّ الموعود آملة بعمل جديد فيه. كنت أتخيّل العمل الجديد بأنّه أفضل من مهنتي. يسرح خيالي في هذه الطبيعة الجميلة. وأنا انظر إلى الأشجار المصطفّة على جانبيّ الطريق. كيف تتنقّل الطيور منها وإليها بأصواتها المختلفة، التي تعني لها الكثير، يبدو أنّها تتفقّد شيئاً ما. ربّما كان أحدها يتفقّد أحد صغاره، وآخر يتفقّد أمّه، وآخر يبحث عن معشوقته. وأخر يأتي وفي فمه طعام لصغاره. وأخر منهمك بمستقبل صغاره يطير إلى أعلى الشجرة، ليصنع لهم عشّاً يكونون فيه بأمان. الكلّ كأنّهم في ساحة معركة حيّة لكنّها في محبّة غامرة. ليت المعارك جميعها تكون هكذا.

زاد تردّدي عندما شاهدت عاملات المحل، وهنّ بكامل الأناقة من ثياب وزينة.

سألت أحداهنّ عن صاحب العمل؟ أجابتني وهي تتمعن بي سائلة هل أنت التي تنظّفين المحلّ؟

لا. أنا أرغب بالعمل معكنّ كبائعة.

انتظري قليلا حان موعد مجيئه.

جلست أنتظره. وعيني على الثياب الجميلة المعروضة متمنّية لو أستطيع أن أقتني إحداها. مع الأسف أسعارها لا تناسب دخلي

دخل صاحب المحل، وأنا لا أزال واقفة أمام فستان أعجبني جدّاً بلونه السماويّ، وشكله الجميل.

نظر لي والبسمة على وجهه. حوّلتُ نظري بسرعة إلى الأرض خجلاً منه. فكّرت أنّني لو لبست هذا الفستان لم يغيّر ما أنا فيه؛ فمن يعرفني سيهمس مستغرباً: من أين لها هذا. نعرفها دائماً تعمل في البيوت.

اتّجه إلى طاولته، وجلس خلفها. انتظرته حتى أخذ مكانه على الكرسيّ وراء الطاولة وقصدته. استقبلني وهو يسألني: هل أعجبك الفستان السماوي يا فرح؟ تردّدت قبل أن أجيبه. نعم أعجبني المحلّ، وبما فيه من فساتين!

وبدأت الأسئلة: من نوع أخر.

- هل ترغبين هذه المهنة وكم عملت بها من قبل؟ وهل لك قدرة على التعاطي مع الزبائن؟

- لم أعمل بهذه المهنة أبداً، وإن شاء لله سأكون عند حسن ظنّك بتعاملي مع الزبائن.

- أنت تعلمين بأن لم يبق من هذا العام إلاّ أيّاماً معدودة. أوّل السنة الجديدة أهلاً وسهلاً بك.

لم يكن أمامي إلاّ أن أعود إلى البيت، وأنتظر حتى المساء موعد الدرس الخصوصيّ. فالفتاة التي كانت في الدرس السابق بدا لي أنّها ابنة ناس من طبقة ثريّة. قالت لي بفظاظة هزّتني من الصميم: «أنا أعرفك. أنت الخدّامة التي عملت في بيتنا، عرفتك

من ثيابك. ما زلت ترتدين الملابس نفسها. صارت كلّما شاهدتني أتجاوب مع المعلّم في الدرس تختلق كلاماً مؤدّاه الغيرة والتشويش والسخرية، والمعلّم دائما يحاول أن يقنعها بأن لا تبتهج بالقشور بل أن تهتمّ بالمضمون. ولم تكفّ عن كلامها وهي تتباهى، وتؤكّد أنّها لم تلبس من صناعة بلدها حتّى حذاءها مستورد.

وأنا لا أبالي بها، ولا بكل ما تقوله لأنّ كلّ الناس، وأنا منهم نعلم كيف جمع والدها ثروته في هذه الأزمة بالمتاجرة بما يقع تحت يده.

وكما توقّعت كانت تصرفات هذه الفتاة لا ترضي بعد أن ذكّرها المعلّم بالدرس السابق. لم تجب بشيء، ولم تكترث بالدراسة نهائيّاً. تفاقم غضبها عندما سمعت إجاباتي الصحيحة على أسئلة المعلّم لي، وهي تنظر لي بعين حمراء، وتفتّش عن سبب للشجار. شعر المعلّم بذلك، وبدأ يخفّف من غيظه، ويشجّعها بأن تهتّم بالدراسة قائلاً لها: لا تخافي. أنت تستطيعين أن تدخلي الفرع الذي ترغبين به. أجابت بكلّ وقاحة أنّها تستطيع فعل أيّ شيء بمال والدها، وأكّدت أنّها هي الوريثة الوحيدة لوالديها، ونظرت لي وما زال الغضب في عينيها، ثم تكلّمت مع المعلّم قائلة: أنا منذ الآن لن أجلس مع خدّامة خلف طاولة مشتركة، لتبرهن بأنّ مستواها لا يسمح لها بأن تأخذ معي درساً، كما أنّها تشكّ بحسن نظافتي.

صبرت عليها كثيراً لكنّي لم أعد أتحمّل لؤمها. تملّكني غضب شديد منها، وقبل أن ألفظ كلمة. كانت يدها أقوى من أن تتكلّم. مدّت يدها إلى شعري، وشدّته بكلّ قوّتها، فاجتثّت خصلة من

جذورها. آلمتني جدّاً، وصبرت. تمكّنت من أن أتملّص من يدها القذرة. أمّا المعلّم فكان متفرّجاً يخاف على مصلحته أن تنتهي معها لأنّه هو المستفيد منها. إذْ كانت تعطيه النقود دون حساب. هي تفعل ما تشاء بفلوس والدها، التي جمعها في ظروف الحرب، وما زال يعمل في التهريب كما علمت. ولم يحاسبه أو يسأله أحد: من أين لك هذا؟!.

حملت دفاتري وخرجت دون عودة إلى الدرس، وفي تلك اللحظة قرّرت ألاّ آخذ درساً عند أحد، كي لا أصطدم بمثل هذه الصنف من البشر. نظرت إلى الساعة. كان لديّ من الوقت ما يتيح لي أن أقضيه في أيّ مكان شعبيّ، حتّى أتوازن ممّا حدث معي، وأنسى ذلك الحدث السخيف، مع أنّي متعوّدة على تحمّل الكلام السامّ، من بعض البشر الخاليين من المشاعر.

مررت أمام مقام وليّ من أولياء الله. دخلت باحته من باب الفضول. كانت كلّ أسرة فيها ملتفّة حول بعضها بشكل دائري، منهم من يتناول الطعام، ومنهم من يتناول الشراب.

لفتت نظري أبواب عدّة مشرعة لغرف عديدة مليئة بالزوّار. والملفت أيضا هو أن كلّ من صعد إلى هذا المبنى يدخل غرفة مميّزة من هذه الغرف قليلاً. شعرت أنّ الغرفة ذاتها مقدّسة. دخلت بدوري لأتعرف على ما يحدث فيها، وقد ازدحمت بأناس يدورون حول ضريح يقبّلون حجارته تقديساً له، ولآيات سُطّرت على بعض حجارته، ويهمسون بتضرّع طالبين بدعائهم ما ينقصهم من نعم الحياة، وأنا متسمّرة مستندة على الحائط بجانب الباب أصغي لما يقول كلّ منهم بصوت خافت جداّ.

منهم من يطلب المغفرة عن أخطاء قد ارتكبها، وهم أكثر عدداً من الحضور. ومنهم يطلب أن يرزقه الله مالاً ليستطيع أن يكمل العيش مع أطفاله.

ومنهم يطلب أن يشفى من مرض.

ومنهم يدعو أن تنتهي المحنة على سوريا، وتفرج عليه، وينتهي أولاده من الخدمة الإلزاميّة.

ومنهم من كان يطلب أن يعود كلّ من تهجّر من بلده.

ومنهم من يطلب أن يرزقه ولداً، أم بنتاً. لا فرق.

وأخر كان لا يستطيع المشي على قدميه، بل كان على عربة، ويطلب العافية والرضا.

كما لفت نظري شاب كان بكامل أناقته وهو يتضرّع، ويقول أنّه لا ينقصه شيء من الرفاهية، بل تنقصه حياة سعيدة في بيته

كنت أستغرب ما أشاهده؛ إذ لأوّل مرّة أدخل مقاماً لوليّ، وأسأل نفسي: يا ترى. أتُلبّى تمنّياتهم؟!

لماذا أنا ما زلت متفرّجة مع العلم أنّي قبّلت هذه الحجارة مثلهم. لم ينقص ولم يزد بي شيئاً. فعلت ما يفعلون، وما زال فيروس الكورونا يفتك في الناس، وهم لا يكترثون إلى الأمر من أصله. يوميّا ألاف الأشخاص يقبّلون نفس الحجر؟ لا أعلم ما هذا. هل هو جهل، أم علم؟!

أنا بأمسّ الحاجة للدّعاء لعلّني أحظى بأمّي، التي تبقى الهاجس مهما حاولت أن أتناسى لأنّ ذلك صعب، فهي الدم الذي يسري في عروقي، وأشعر أنّها موجودة بالهواء الذي أتنفّسه. من ذلك أنتعش ويتجدّد أملي. يا ترى هل يقبل الدعاء دون تقبيل الحجارة.

لماذا نحن شعوب تعوّدنا أن نقلّد بعضنا قبل أن نبحث عن الحقيقة بكلّ شيء. مع العلم أنّنا لو بحثنا سيكون الجواب: كان أجدادنا يفعلون هكذا.

ومن هنا فالكثيرون يضيعون بين الماضي والحاضر. وفي نفس اللحظة تخطر ببالي سيلفا الطفلة الجميلة، التي لا يمكن أن أنساها أبداً. كانت أجمل الأيّام معها.

أحببت أن تستمرّ لكن القدر لا يرحم أحداً. ومن يوم غادرت بيتي إلى بيت عمّتها، وأنا أحاول أن أتكلّم مع عمّتها هاتفيّاً، ولم يجبني أحد. لا أعلم ما هو السبب، لأنّ الأسباب كثيرة في هذه الظروف، ويمكن توقّع أيّ شيء لم يكن بالحسبان.

أطلب من الربّ أن أحظى بها يوماً. أشعر أن علاقة متينة تربطنا معاً. يربطنا مصير مشترك، وحنين إلى الأم التي تجهلها مثلي.

كلّ ما أطلبه وأنا جالسة بجانب ضريح الولي، حتّى تتحقّق هذه الأمنية.

حتى أنّ أفكاري سرحت بتأمّل، وراحت بعيداً، وكأنّه شريط مصور يمرّ أمامي لأمّي بكل التفاصيل، التي تعيشها في بلاد الغربة، أجدها بجانبي، وأعيش معها، وأصغي لها، وتعتذر منّي لأنّها تركتني للزمن، ولمصاعب الحياة، التي لم يمرّ منها يوماً عليّ دون قهر، وهي تبرّر لي بأسباب عدّة دعتها تتركني في العراء. طالبة منّي السماح، وأنا أغفر لها خطيئتها وأسامحها.

لكن سرعان ما يدفعني القهر والعذاب وكلام الناس، الذي يدوّي في أذنيّ، في الليل والنهار، ويحمّلني مسؤوليّة ما ارتكبته من خطأ، الأمر الذي يجعلني أصرخ بوجهها بصوت عالٍ: إلى الآن.

لماذا لم تسألي عني؟! أتخيّلك تقولين نادمة:

«أنا لن أنساك أبدا يا فرح، وما زلت نادمة على ما فعلته بك، وضميري يؤنّبني، ودائما أفكّر بك، وقلقة عليك من شواذّ المجتمع، الذين لا يخافون الله.

لقد ابتعدت إلى آخر بلاد العالم لينطوي ما فعلته، لكنّي أتفاجأ، حين التقي بنساء من الجالية السوريّة في برلين كنّ يعرفنني من قبل، عندما ذكّرتهنّ بنفسي نظرن إلى بعضهنّ وتهامسن في آذان بعضهنّ. كنت أسمع ما تقوله امرأة لأخرى: ألا تعرفينها؟ هذه فضّة ابنة بائع الدجاج (أبو رياض) التي عابت، وهربت من بيت أهلها! كم هذا العالم كبيراً، وما أصغره بنفس الوقت!

يكرّ الشريط أكثر في ذاكرة فرح. تقول في داخلها:

رحت أتأمّل الأشياء الجميلة، لكن العقل الباطنيّ لم يتوقّف عن شريط حياتي، الذي صنعته لي الأقدار دون رغبه منّي. حوّلت نظري إلى الشمس، وهي تغيب، وما زالت خيوط أشعّتها الخفيفة تختفي خلف التلال البعيدة. أعود إلى بيتي لعلّ أملي يشرق في الغد، مع شروقها المتجدّد.

لم يتحقّق أمل في حياتي، حتى باب المحلّ التجاري، الذي وُعدت من قبل صاحبه بأن أعمل فيه وجدته مقفلاً.

مهما أقفلت الأبواب في وجهي سأشعل أنوارها في داخلي حتى يأتي الأمل الذي أعيش عليه في الأحلام وفي اليقظة.

***

في الجزء الثاني

عناق الشوك

بعد أن أثبتت براءتها وخرجت من السجن، تظن فرح أن الحياة قد منحتها فرصة جديدة، لكنها سرعان ما تجد نفسها في مواجهة معركة أشد قسوة، معركة ضد المرض والوحدة والمجتمع القاسي. تنتقل إلى دمشق بحثاً عن علاج لمرض السرطان الذي يهدد حياتها، لكنها تجد نفسها أيضاً في مواجهة تحديات جديدة لم تكن تتوقعها.

في قلب المدينة التي مزقتها الحرب، تكافح فرح لتجد لنفسها مكاناً بين الناس، لكنها لا تجد سوى العزلة والتمييز. ومع ذلك، لا تستسلم، فتبدأ العمل في عيادة طبية وتلتحق بدورة تجميل، محاولة رسم طريق جديد لحياتها. خلال رحلتها، تتعرف على شهلا، امرأة عجوز تحمل ماضياً أكثر قسوة من حاضرها، والتي تكشف لها عن أسرار قد تغير نظرتها للحياة. لكن وسط الألم، تظهر بارقة أمل عندما تتورط فرح في مهمة غير متوقعة: مساعدة صديقها عاصم في العثور على حبيبته أحلام، الفتاة التي اختفت وسط الفوضى. في رحلة البحث عن الحب الضائع، تكتشف فرح أكثر مما كانت تتخيل، ليس فقط عن مصير أحلام، بل عن نفسها وعن قوتها الحقيقية.

فهل ستنجح في التغلب على المرض؟ هل سيكتب لعاصم وأحلام اللقاء بعد سنوات من الفراق؟ وهل ستجد فرح أخيراً ما تبحث عنه، أم أن القدر يخبئ لها مفاجآت أخرى؟

KHAYAT
Publishing

Washington, DC
United States

www.khayatbooks.com